オリンピックの夏

新世界

安部良典

SUNRISE

オリンピックの夏　新世界

安部良典

目次

さよならの夏

定夫の家は播磨屋《はりま》という八百屋であったが、駄菓子なども少しばかり売っていた。夏休みで毎日のように道夫は遊びに行く。定夫は奥の方に連れていき、右手に曲がり、その左手が石段になっていて、地下のような具合であった。

板塀の透き間から、僅かに光が差してくる。その下に生《い》け簀《す》があって、三つばかりのスイカを目にしながら、ひんやりとした心地よさを感じることができるのだった。

石段の一番下に二人でしゃがんでいると、夏を忘れるほどの涼しさであった。二つの顔がぼんやりと水面に映っている。

播磨屋には溢《あふ》れるほどのリンゴやブドウ、スイカ、マクワなどの果物が並んでいた。本通りに面していたが、木箱に入れたニンジンやジャガイモ、ナスビやキュウリは道路にまで広がっていたのである。

また、ゴムで吊るされた籠には、小銭が入っていて、引っぱって、いくらかの釣り銭をお客に渡すのであった。

細長い蠅取紙がいくつか天井から下がっていて、ねばねばした茶褐色の部分には何匹か蠅がくっついていたりした。一度、足や羽根がつくと、とれないのであった。足を捕まった蠅が羽根を震わせていると、いつか羽根までも捕えられて、静かになってしまっていた。

また、道夫たちが好きなのは、とりわけ、カバヤキャラメルであった。子供には人気のあるものだった。

道夫には、アメではなく、中のカードが大事なのであった。何枚かのカードを集めて送れば、本が賞品として送られてくるのだった。残念ながら殆ど本は読んだことがなく、ただ集めるばかりだったのだが。

もちろん、播磨屋にもカバヤキャラメルは置いてあった。

真っ赤な箱で、左上にカバが描かれていた。その歯の様子で当たりがあるといって、カバの歯を吟味して見るのだった。「そんなこと、あれへん」という小母さんを無視して、瓶の口のアルミの円いフタを空けては、いくつかの箱を取り出して調べたりした。

カバや、ターザン、チーターなどのカードが入っていて、それぞれ点数があった。五十点を集めると一冊、本が貰えた。「大当り」は十点だったし、ボーイは一点であった。

そんなカードを送って何冊も本を貰った。『十五少年漂流記』、『トム・ソーヤの冒険』、『里見八犬伝』など。

下手くそな字で所書きをすれば、本が送られてくるのは不思議な感動だった。

小父さんの姿はあまり見掛けなかった。

もう一人、小学校の友達で輝光《てるみつ》がいた。彼は水泳が得意で、川に誘われた。輝光の家は神社の近くだった。また、彼は定夫の家とも近くだったから、案外、道夫の知らないことも知っているのだった。

いつだったか、輝光が道夫に言ったことがあった。なんでも、定夫君一家は芦屋というところに行くのだと。ただ、道夫は単に旅行でもするぐらいに考えていたのだった。輝光も、その程度の理解だったようだが。

そういえば、夏休み明けに定夫の絵が教室に展示されていたが、「芦屋の夏」とあったと思う。

三人組で、よく遊んでいた時期があった。とりわけ、神社の森の奥に作った隠れ家は、まさに三人組の秘密の場所であった。

その神社の下は広場になっていた。石段を上がれば神社だったのだ。その周りは広い森になっていた。

木の枝や葉、笹の葉などを組み合わせて、こんもりとしているが、人目には付きにくい場所に隠れ家はあった。三人以外は誰も知らないと思っていた。

それがどうしたことか、気付けば、ある日、大人の男がすぐ近くまで来ていたのだった。三人の声を聞きつけたものであろうか。それにしても、三人にとって隠密行動であったのに、見つけられるとは驚きであった。

その男はただの大人ではないと思われた。こんな場所に大人が来るはずもないのだから。服装や手にした鞄から、どうやら立派な紳士のようにも見えた。

その紳士が道夫たちの前にやって来たのだった。その人が何をする人かは、まったく分からなかった。ただ、黒い鞄を手に提げているのが奇異に感じられた。

そして、もっと不思議だったのは、その隠れ家に一晩、泊めてほしいと言われたことであった。

「えっ、ここで寝るということ?」

先に定夫が頓狂な声で訊ねた。

「そう。一晩、ゆっくり寝てみたいの」

紳士はそう言うと、にっこりと笑われたのである。

それにしても、どんな事情があったのだろう。一般の大人が、子供の作った隠れ家に泊めてくれとは。如何にも妙な具合であった。

そして、紳士は数枚の紙幣を取り出すと、四人で食べられるものを買ってきてほしい、なんでもよいと言った。

三人は顔を見合わせて、返事もそこそこに播磨屋に向かおうとした。定夫が別の店にしようと提案したので、一番近くの富貴堂《ふうき》にした。

帰ってくると、定夫は袋からパン――何も入っていなくて、ヒシの実がついている――やジュース、菓子などを紳士の前に、お釣りと共に置いた。さすがにカバヤキャラメルは遠慮した。

四人は隠れ家の前に座ると、すぐに食べ始めるのであった。紳士もまるで大きな子供のようであった。

そうして、食べ終わると紳士はお願いをきいてほしいと言う。

紳士の願いは明日の朝七時に、ここに来て、駅まで同行してほしいということだった。

結局、三人でジャンケンをして負けた道夫が、その任を果たすことになったのだ。

三人とも一致した意見は「そんなに悪い人にも見えない」ということであった。ただ、粋狂なことをする人だという印象は三人ともにあった。

不思議な紳士であったことは確かだった。なんといっても、その場所は子供の遊び場だったし、また、そんな隠れ家に泊めてほしいということ事態、普通の大人では考えられない。

その時、道夫も「えっ」と奇妙な感情にとりつかれたことは、言うまでもない。

確かに学校で、お話の時間に先生が話される、その物語には、どこか子供の冒険心を掻き立てるものもあったが、まさか、ここで、そんな人物に突き当たるとは思わなかったのである。

そういえば、「なんか、小島先生のお話みたいなことになったなあ」と帰りがけに言った輝光のことは、道夫も感じないわけではなかった。

小島先生の一週間に一度の「お話の時間」は勉強と違って、子供たちの愉《たの》しみだった。主人公の気味悪い笑い声や、擬音語がなぜか先生はうまかった。子供には強烈な印象があったのである。時には、理科準備室から頭蓋骨の模型を持参して、机上に置き、手に触れながら話されたりもした。

それにしても、あそこで一晩、寝ることなどできるのであろうか。何か夜中に出てきたり、蚊などの虫に襲われることはないのか、と思ったりした。

その紳士を残して、蟬時雨《せみしぐれ》の中、石段を下りながらも、何か不思議な思いを持って家に帰ったのだった。

ただ、三人とも、家の者には内緒にしておこうと決めていたことは言うまでもなかったが。三人組の誓いは強いものであった。

丁度、ラジオでは「紅孔雀」の始まる頃であった。

道夫はラジオ体操もそこそこに神社に急いだ。

紳士の願い通り、道夫が約束の場所に行くまでに、既に紳士は石段の下で待っていた。そばにラジオ体操を終えたらしい定夫と輝光がいた。

「よく眠れましたか」

「うん、ぐっすり」

また、紳士はにっこりとされるのだった。

「蚊はおりませんでしたか」

「思ったほどでも」

例の黒い鞄を大事そうに持たれていたが、中味については何も話されなかった。

もとより、この町に住んでいる人のようだったが、三人とも見たことはなかったのだ。あるいは、他の町からの人であるかもしれなかったが、そんなことはどうでもよかった。どこか子供っぽく面白い人で、悪い人には見えなかったのだ。

そして、二人に見送られる格好になった。

駅に着くと、改札口で紳士が右手を軽く上げてみせたので、道夫は教えられたように、「小父さん、さよなら」と言った。途中で、紳士から三枚の紙幣を渡されていた。

道夫は思い出しても、あの紳士の立居振舞が変わっていたことは、子供心にも不思議に思えることではあったが、とりわけ、駅まで付いていったことも妙なことであった。

どこか大人らしくない点だった。あたかも子供たちに合わせてもいるように、あまりの子供っぽい態度なのであった。それとも、大人と付き合ったことのない人のようにも感じられるのである。

また、気になったのは貰ったお金だったが、三人で分けなさいということなのか、とも思ったりした。

それから何ヶ月たっていただろうか。

あとで噂で知ったことであったが、あの紳士はとある旧家の出であって、どうしたわけか、殆ど外出することがなく、なんでも何かの学問とかに明け暮れていたということだった。

そのため、周りの者は気が変になっていると錯覚していて、家族の者も本人を遠ざけていたということであったようだ。

そうしたことが、どこから知れ渡ったのであろうか、いつか、そんな噂が広がってきたのだった。

まさか、あの時の、あの人かと思えたのだが、どうやら本当のことであったようだ。

定夫が言ったものだ。

「あの鞄の中は、お金で一杯だったんだよ。なんか、そんな感じがする」と。

そう言われると、二人とも、そんな気にもなるのだったが。

「あの人、すごいブゲンシャの人やで。でかい家の人やで」と輝光がつけたした。

それにしても、どうして紳士はあのような芝居をうたせたのだろう。それは道夫だけが知っていることであった。

これも、あとから分かってきた噂なのであったが、実はそこに隠されていたことがあったようだ。

紳士は資産家の子息であったが、かなりの額の通帳から現金を引き出し、家人に黙って、そのまま失踪したというのだ。

本人がいなくなった時、すぐに家人は警察に連絡したのであろうか、その家にはお手伝いさんも三人ほどいたようだ。

どうして、子供の隠れ家に一泊したのかは疑問だ。紳士が駅に直行することを、ためらっているうちに、道夫たちを知ったということになるのか。

一人で駅の改札口を通ることは危険が伴うと考えたとしても不思議はない。既に警察への連絡もされているだろうと紳士は考えたのか。

例えば、こんな男が通過しなかったかと問うと、駅員は子供が見送りに来ていたと言えば、その男は違うということになるのだから。

ただ、「小父さん、さよなら」の一言で怪しさは解消されるのである。

そう考えると、道夫はどえらい役目をしたことになるのだと気付いた。

もちろん、その日、町中のいくつかの宿屋はすべて調査ずみであっただろうから、あと外泊する場所はないことになる。

まさか、子供の隠れ家で男が泊まったとは誰も知らないのであったということか。

噂からの道夫の推理は、そんなところであった。

一方、定夫と輝光の疑問は、なぜ駅まで道夫を連れていったのか、ということだった。

道夫は黙っていた。

そこで、定夫が道夫に訊ねた。

「駅で何か変わったことはなかったの?」

「別に何も」

「お駄賃でも貰わなかった?」

「………いいや、何も」

「ただ、一人は寂しかったのかも」

と、輝光が言う。

「確かに、大人にしては、どこか子供っぽい感じもしたなあ」と定夫。

道夫は二人に疑問を持たれているようで、いやな気分だった。

「いや、やっぱり、道夫の姿が必要だったんやで、あの人にしたら」

と、真剣な表情で定夫が力説した。

道夫が黙っていたので、どこか雰囲気が悪くなってしまった。

あの時、三人で行けばよかったのに、と道夫は思ったが、今さら、後の祭りだった。

結局、疑心暗鬼のうちに話は終わってしまった。

道夫は、のちのちまで、駅行きのことは後ろめたいことになってしまった。


中学生の頃になると、あれだけ親しかった定夫とも輝光とも遊ぶこともなかったし、播磨屋に行くこともなかった。

定夫は中学を出ると都会に働きに行ったし、輝光はO市の定時制の高校に進学した。道夫は地元の高校に通うことになる。

資格を持たなかったため苦労した父親は、さかんに資格を持てと言う。自分の係わる業界からか、薬剤師の資格を持つよう強調した。理数系の嫌いな道夫は苦労することになったのだが。

その後、彼らがどうしたかは知らなかったし、自分のことだけで精一杯であったから、また関心もなかったのだ。

いつだったか、気付いた頃には播磨屋はなくなっていた。道夫には、あの生け簀が忘れられなかった。いつか更地になったのを知った時、その場所に行き、あの生け簀の辺りはどこだったろうと思って、感傷的になるのだったが。

O市に行った一年目だったか、輝光の年賀状の中で、あの紳士に似た人を見掛けたという文言があった。もし本当なら、輝光の暮らすO市に紳士がいることになるのか。久し振りで、道夫は紳士のことを思い出した。

それからも輝光とは年賀状のやり取りがあったが、そのうち途切れてしまっていた。定夫については、まったく音信不通の状態だった。

のちに、一度だけ、小学校の同窓会で輝光に出会ったことがあり、例の隠れ家の話になった。その時、彼があの紳士に似た人に出会ったことがあるといえば、どうやら年賀状に書いたことを忘れているようだった。定夫は欠席していた。


あれから長い年月が経っていた。

ついに重役から肩を叩かれることになり、道夫は面白くなかった。

道夫が久し振りで、子供の頃に遊んだことを思い起こしながら神社の近くを散歩していた時のことであった。

その杖を突いた老人は何事かを話したそうに道夫を見た。見るからに疲れ切ったようにみうけられたのだが、どこか育ちのよさが感じられるのだった。

道夫は石段を上がろうとする老人を見ながら、なぜか問わねばならなかった。

「どこへ行かれるのですか」

「この上に、昔、家があったもので」

「家？　そんなものはありませんよ」

「そうですか。確か粗末な家があったようですが」

「………」

まさか、あの時の紳士であるはずがないと思いながらも、道夫はあらためて遠い昔を思い出していた。

あの時の仲間も、この町にはいない。

もしも、この老人があの時の紳士であったとして、彼があれからどのような運命を辿ったことか。また、今も輝光はO市にいるに違いないが、定夫の消息は分からない。

もとより、この老人があの時の紳士であるという証しは何もない。ただ、なんとなくそんなことを思ったに過ぎないのである。あの頃の定夫や輝光が今もここにいて、あの時の紳士だという証言を得ていれば、ある程度、真実らしきものにいきつくのであろうが、道夫ひとりの考えであるから、まったく、その保証はないのであった。

それにしても、老人はどこへ帰るのであろうか。杖を突いているところから考えても、そう遠いところではあるまい。道夫は妙に好奇心に駆られて、老人を尾行することになる。

老人は後方を振り返ることはなかった。とある、庭木の多い、周りにやたらと空地のある、小さな門のある家に消えたのである。

その家が以前からあったことは知っていたが、もとより、どんな人が住んでいたのかは知るはずもなかった。

距離的には輝光の家が近かったが、今では彼の家もなくなっていた。

ただ、谷田部という表札が読めた。果たして、老人が一人で住んでいるのか、あるいは家族がいるのか。

道夫の想像が当たっていたとしたら、あの時、二人で一緒になって駅まで歩いたことになるのだった。お礼も貰って。

そうして、駅で「小父さん、さよなら」と声を掛けたのだ。丁度、伯父と甥の関係のような感じで。

道夫がその後に聞いた噂では、たいへん偏屈な老人であるらしかった。その人は谷田部佳雄という人だったが、以前、そんな名字を聞いたことは覚えていたが。若い頃は都会で暮らし、のちに故郷に帰ってきた人らしい。

なんでも、人と交わりを断って、ただひとり書物の中に没しているということだった。そうして、生活がどうなっているのかについても、お手伝いさんが面倒を見ているということだが、確かなことは分からなかった。

人の噂によると、部屋には書物が溢れんばかりにあり、その中に埋まるようにして生きているというのだった。

もちろん、いつも寝巻のようなものを着て、殆ど部屋に籠っているということだった。食事も、足の踏み場もないような所に机を置き、彼女が用意したものを食していたということだ。

近くだった輝光も、その家のことはたいして話さなかったと思う。ただ、紳士が失踪してから噂が広がると、彼も定夫もすごい家だとは語ったが。

かつては、その家も広大な敷地であったが、今では五分の一ぐらいの家になっているというのであった。

妙なきっかけで、道夫はあの老人と、また言葉を交わすことになった。その老人は、まさに絵に画《か》いたような変人だった。そんな人と、どうして話すことになったのか、本当に自分でも不思議だった。

丁度、例の神社の近くを通り過ぎたことが言葉をかわす動機だったのかもしれない。

果たして、そのことで老人が道夫を呼んだのであろうか。それとも、老人が孤独の中で、ふと人恋しさに道夫を選んだのであろうか。

それでも、あのことは杳《よう》として分からなかったが。

「いつか、お会いした人でしたかな」

「はい。お元気そうで」

「元気なものですか。もう、川も見えてますよ」

「えっ……よく散歩されるのですか」

「いえいえ」

老人が耄碌《もうろく》しているのか、故意にそう装っているのか、道夫は計りがたかった。

一般的に、老人といえば、猜疑心が強いものである。それがどうして見ず知らずの道夫に応えてきたのか、不思議なことであった。

その老人の家は、今やどこか廃屋のような雰囲気を漂わせていた。その家がなおも住めるのかと思われるほどではあったが、老人は殆どそんなことは問題にする風でもなかった。

その悠揚《ゆうよう》迫らぬ様子は、この老人のどこか尊い部分を残しているようにも思われた。

「一度、あなたとゆっくり話したいものです。そのうちに」

老人は独り言のように呟くと、そのまま立ち去った。


三度目に出会った時だった。老人は道夫を覚えていたのか、例の家に案内した。

老人が道夫を呼びよせてくれたのは、あるいは、あの時の少年であったことに気付いたからかもしれない。そうでなかったら、老人がそんなことをするはずがない。

なんとか、この老人があの紳士であったことを突き止めることができないものかと思った。

あの隠れ家と老人の住む家がかなり近くであることが一つは可能性を示すことであった。

そうして、年齢的にも、あの紳士の歳格好から推量することが、ある程度できるのだった。

老人が、あの日のことを語ってくれることがあったなら、はっきりするのだけれど。

老人の部屋に一歩足を踏みいれたものの、噂どおり、あまりの本の山で、どこに坐ればよいか思いつかない状態であった。この様子を見て驚かない者がいるだろうか。

殆ど部屋四面に書架があるような感じだった。その上、畳が見えなくなる程の本なのだ。

「適当にそのあたりへ」

と、老人は言うのだったが、その適当が分からない。少し本を移動させなければ、坐ることができないのであった。

「こんなに読まれたのですか」

「いや、ただ積んでいるだけで。本に押しつぶされて死ぬのも本望というもので」

「……」

呆気にとられている道夫を、殆ど無視するように、あらぬ方を見つめている。

まさか、この近くの道を歩いていて、そんな中に、このような本があるとは想像もできないことであった。

「夜中になると、本の主がそれぞれ語りかけてくるのだから、たまったものではない」と呟く。

「本当ですか」

「嘘と思うなら、一晩、泊まったらどうですか、今度は君が」

老人はそんなことを言って笑った。

お手伝いさんにも、本は触わらせたことがないという。書物を読めば、昔の人と話をしたような気持ちになるとも語るのだった。

「昔、神社の山に登られたことはありましたか」

「あの山、一度ぐらい、あるだろう」

「そこで、隠れ家のようなところがあったでしょう」

「そんなもの、あったかなあ」

「そこで泊まられたことも」

「そんなこと、あったかなあ。昔はわしも気ままだったからなあ」

今のことでさえ、忘れてでもいるかのように、老人は悠然と話すのだった。

「いや、人生はそんなものよ。そう齷齪《あくせく》しても何も得るものはないのよ。どうせ、みんな同じところへ行くんだから」

達観しているというのか、あるいは耄碌しているのか、道夫にはさっぱり分からなくなってしまった。まさに狐につままれたような状態だった。

畳の上に並べられた本の上にも、うっすらと埃が積もっているのだった。それゆえ、老人が本を手にすると、そのたびに埃が舞い立つのであった。それでも、たいして気にしている様子もなく、手で払うと、適当に中を開けて、そのページの文字を眺めていたのだった。『論語』、『ゲーテ全集』、『正法眼蔵』と、題名は読めるのだったが。

老人の愉しみが何であるのかも分からなかった。ただ、書物に囲繞《いにょう》されるように、まさに埋まっているのが愉しかったのであろうか。以前、どこかの古書店で、そんな風景を目撃したことがあったようなことを思い出す。

老人の、茶かすがこびりついたような茶碗も、貴重品であるように、大事そうに両手で包むようにして茶を飲んでいた。

道夫が淹れてもらった茶飲み茶碗もかなりの年代物であるらしかった。茶の表面にうっすらと埃が浮いているようだったが、なんとか一口飲んでみる。

あの時の紳士が、この老人であることが分かったとしても、単にそれだけのことに過ぎないのだ。そう考えると、そんな詮索は無駄なようにも思えるのであった。

むしろ、今、老人が語る書物に関することや、人生に関することの方がはるかに重要な点は、はっきりしているのだった。

老人の来し方を想像しながら、一方では、なぜか今まで抱いていたことが虚しい気持ちになるのだった。

「ところで、あなたはどうしているの」

「ええ、製薬会社にいるのですが」

「何をなさるの」

「一応、薬剤師ということです」

「ほほう。それはそれは。お子さんは」

「二人です」

「それはたいへんですな。私はひとり者で気楽なものです。好き放題です」

老人は嗄《かす》れた声で笑った。

やはり、あの時の紳士はどこか精神的に病的なものを持ち合わせていたのだろうか、当時の子供に分かるはずもなかったが。

そんなことを道夫は考えてみたりする。

道夫は意を決して、老人に訊いてみることにした。

「昔、黒い鞄を持って、一夜、私たちの隠れ家に泊まったことはありませんでしたか。そして、次の日、駅まで一緒にいった小父さんではありませんか」と。

老人は暫く道夫の顔を凝視していたが、俄《にわか》に思い出したように声を発した。

「いや、そんな気もするが。なんだか罪を犯したような気持ちで……」

老人は少し考えこむようであった。

「実は親が病院にいれようとしたので、少し芝居をうったので」

「本当に病気だったのですか」

「まあ、そうかな」

老人は曖昧に笑った。

「O市で学生時代を送ったが。のちに生憎、戦争になり軍に召集されたが。病気で除隊となり、田舎に帰り、気ままな生活をしていたので。親には迷惑を掛けどおしだったが」

「そして、また〇市に行かれたのですか」

「うーん」

「私の友人の満田というのが、〇市で、あなたを見掛けたと」

「それは知らないな」

道夫は都会での、そんな場面を想像したが、なかなか浮かんではこなかった。

故郷を離れ、都会で生活し始めた人たちは他人のことを考える余裕はないだろう。常に戦々恐々とした毎日があるばかりだろう。似た人を見掛けても、声をかけることなどできないに違いない。

道夫は定夫や輝光のことを思い浮かべる。

結局、一時間ばかり話し合って、道夫は辞去した。

その後、谷田部家は締められてしまって、庭に草木が覆い茂るようになっていた。

時折、その前を通ることがあったが、あまりに静まりかえっていて、もう誰に聞くこともなかったし、聞く気持ちにもならなかった。

やはり、あれはすべて紳士の遊び心だったのだろうか。それとも、ある種の病に紳士が罹《かか》っていたのであろうか。

そう考えてくると、なぜかすべてが夢のような日々であったようにも感じられてくるのである。

道夫は会社に勤めていることが苦痛になり始めていた。少し早いが辞める潮時ではないのかと考えてもいた。

そこで、思い切って翌年の三月に退職した。定年には、まだ数年あったのだが。

丁度、その時、輝光から珍しく手紙が舞いこんだ。

ご無沙汰しておりますが、その後、お元気のことと思います。

小生も元気でやっておりますので、陰ながらご安心ください。

他でもありませんが、二月に山田定夫君が亡くなりましたので、お知らせします。

あれから、仕事の関係で芦屋に行くことがありまして、偶然、彼に出会ったのであります。

定夫はやはり、果物や野菜を中心にしたスーパーマーケットに勤めていたのでした。

出会った時、どこか定夫に似た男がレジにいると一瞬思ったのです。しかも、胸に付けているプレートが山田とありました。少し病弱そうに見えました。

小生が定夫君ではないかいなといえば、すぐ輝光君かと返ってきたのでした。

この歳でネームプレートを付けてレジとは、と思ったのでした。

その夜、夕食を兼ねてレストランでおち合いました。なんとなく彼の経済事情がわかるようで、小生から提案したのでした。

彼はビールもあまり飲まず、食べることもあまりしないのでした。彼がいうには抗癌剤を使っているとのことでした。そんな体で働いてもよいのかと思いました。しかも、妻子とは別れたともいいました。今は一人でアパート暮らしだと寂しくこたえるのでした。

話のなかで、子供時代のことになり、君の名前が出てきました。川で泳いだこと、神社の森の隠れ家、そして変な男のこと。やはり、あの頃の思い出は忘れることができません。

中学を出て、社会の荒波を受けた定夫が亡くなるとは、気の毒なことです。

定夫君の母堂が左記の施設に入居されているので是非、悔やみの一言を送ってあげて下さい。

芦屋市高浜町〇〇〇あざみ荘
読み終えて、道夫は「定夫君が死んだか」と呟き、手紙の文字が見えにくくなった。とりわけ、「社会の荒波」には応えた。当然ながら建築関係の会社で、輝光も苦労したであろうが。

順風満帆と子供心に思えた播磨屋がなくなり、都会に出ていった一家だったのだが。果物や野菜で溢れていた店内だったのに。蠅取紙、小銭の籠、カバヤキャラメル。道夫は歳甲斐もなく、あの少年時代に返ったような心境になっていた。

「そうか、定夫や輝光は自分以上に苦労したのだ」と思うと、言葉もなかった。

あの時、二人に嘘をついたことも苦い思い出として蘇ってきた。

そういえば、あの谷田部佳雄という人は案外、自分より潔い生き方をしたことになるのかもしれない。どこか見下したような感じがある自分の考えは、誤っていると思わないわけには、いかなかった。

その夜、道夫は妙な夢を見た。

紳士を中心にして、定夫と輝光が何事かを話し合っているのであった。道夫が近づいていくと、急に三人の話は途切れてしまって、明らかに道夫に聞かせないようにしているのだった。

しかも、紳士は二人にそれぞれ三枚ずつ紙幣を渡しているのである。これはどうしたことか。ラジオ体操が終わって、広場にいるのは四人だけであった。

ああ、そうか、これで三人とも同じように貰ったことになる。道夫は納得しているのである。

そこへ、定夫の母親が現れて、カバヤキャラメルを配っている。なんと紳士にまで。紳士の空けた箱からは十点の「大当り」が二枚出てきた。紳士は定夫と輝光に、そのカードをやったのだ。

ぼくにもくださいと紳士に言えば、君はずるいから、やらないと。そこで目が醒めたのである。

朝、妻から夢でも見ていたの、と言われた。やはり、何事かを呟いたのであろうか。妻は相談なしの一方的な退職を怒っているのだったが。

そうだ、定夫君の母堂にお悔やみの手紙を出さねばならないのだ。

道夫はどのように書くべきか、なかなか文章ができないのであった。思い出ばかりが蘇ってくるけれど、母堂を悲しませることも書けないと思うものの、どうしても悲しみの内容になるのは仕方のないことであった。

ただ、文字は大きく書かねばと思案したのだった。

謹啓　このたびは定夫様の訃報に接し、悲しみをあらたにしました。実は満田輝光君から知らせてもらいました。

子供の頃、播磨屋さんには、よく遊びに行きました。カバヤキャラメルのことでは、ご迷惑をおかけしました。定夫君の「芦屋の夏」の絵は覚えております。

ご母堂様には、定夫君の分まで長生きをなさってください。

ご仏前を同封いたします。

合掌

道夫は現金書留で送付したのである。

二週間ほどして、高価な焼海苔のお供養と封筒が送られてきた。封筒を開けると、一枚の便箋に次のように書かれていた。


この度は御香奠や心あたたまるお手紙ありがとうございました。

増井道夫様はよく覚えております。定夫と遊んでいただき、定夫も楽しい日々を送ったことと思います。あなた様と満田様とを、定夫は三羽烏とか呼んでおりました。

あなた様もお元気でお暮らしくださいませ。


簡潔な内容だった。

平成という元号も十年近く経過して、いつしか違和感を覚えなくなっていた。今でも夏になると、定夫の家の生け簀を思い出すことがある。ひんやりとした風が吹いてくるようで、漬けてあった西瓜までが浮かんでくる。

子供の時は思わなかったが、過ぎてしまえば、ほんの束の間のことだったのに当然ながら気付くのである。

あれから長い時間が横たわっていたようにも感じるものの、やはり過ぎてしまえば、こちらも束の間に違いなかった。

谷田部老人がどのような人生観を持っていたのかは分かるはずもなかったが、どこか悟り切ったようなものを持っていたようにも感じられるのだった。

その後、老人がどうしたかは、まったく不明であった。既に亡くなっているかもしれなかった。

早晩、あの家も取り壊されることになるだろう。あの夥《おびただ》しく積まれた本は今もそのままあるのか。

静まりかえった家に、谷田部という表札の文字だけが変に生なましく迫ってくるのだった。

イダテン狂い

ある年、近畿大会が県下であった時のことだった。

松見は審判員として、皇子山陸上競技場に来ていた。五千メートル予選だった。決勝審判員をしていた彼は、ひとりの選手に目が止まった。あまり足を上げないランニングフォームが自分に似ていると思った。

四着でゴールインしたその選手を見て、一瞬、息を呑んだ。ふらつくような衝撃だった。あまりにも若い日の自分に似ていたからだった。目元は彼女に似ていた。こんなことがあり得るのか、まさかと思った。

選手たちが引きあげると、すぐに臀《しり》のポケットに丸めていたプログラムを見た。ゼッケンから、あっと思った。中野森雄とあったのだ。O高校二年。再婚していないのかと思われた。もちろん、姓が同じでも再婚している可能性もない訳ではないが。あれから、そんな年月が経っていたのか。名前は松見が、あるマラソン選手に肖《あやか》って命名したのだった。

三組五着プラス五だから、明日の決勝には出場することになる。

当然、彼はまったく松見に気付くはずはなかった。それにしても、彼の僅かな人生で、苦悩の中にあったことは確かだろう。あるいは、その苦しみから逃れるために走っているのかもしれなかった。

そういえば、当の松見も、あの時から何かを忘れようと、ただ闇雲に走っていたのも事実だった。そして、何を得られたであろう。いや、陸上競技を辞めていたら、どれほど堕落していたかしれなかった。

その頃、松見はK市の高校に勤めて三年目であった。たまたま、陸上部の顧問に中野がなったのであった。彼女の教科は国語であった。切れ長の目で、いかにも穏やかで知性的な感じだった。一方、走ってばかりで真っ黒に日焼けしている松見だった。

一体、どういう了見だったのだろう、彼女が松見に強引だったのは。確かに彼女は松見より少し年上であった。

両方の親とも反対だった。だから、こっそりとごく身近な同僚だけの結婚式だった。まさに形だけのものだった。別にそれが結果的に不幸になったという訳ではない。

あまりにも、一途にマラソンに執着し過ぎたことの結果だろうか。あまりにも周囲の人の話を無視したためだろうか、この悲劇を招くことになったのは。

一途といえば、きこえはよいが、松見にとって、それはあるいは利己主義の別名でもあった。

結局、一年余りで破綻した。あたかも、そのことを彼女が望んででもいたような誠に呆気ない結末だった。

ただ、結婚当初、「私とマラソンと、どちらが好きなの」と問い掛けた時、黙っていたことがあった。また、急に転任することになり、通勤に二時間近くも掛かる彼女の苦労に対しても、殆どその大変さを考えることもなかった松見であった。

松見はマイペースを守ったのだった。食事も、たまに夕食ぐらいが一緒で、彼女は料理が不得手であった。


まさか、その子が陸上競技を始めているとは考えられない。それも長距離の五千メートルとは。第一、母親がそんなことをさせる訳がないのである。松見は帰宅してからも、心の動揺が続いた。

明日は五千メートル決勝であり、すぐ近くで見守ることになるから、いやでも彼を凝視することになるのだ。そんなことを思いながら、なかなか眠りに就けなかった。

既に置時計は十二時を回っていた。もう一度、五時に目覚しが鳴るようにセットしているか点検した。それでも、目覚しの鳴る前に起きてしまっていた。

歯磨きの時、一瞬、右か左かどちらから磨けばよかったかと躊躇した。別にどちらでもよいのだったが、これはかなり動揺していることが分かった。

母が用意した朝食を軽く摂る。早朝の道は空いていた。バイパスを過ぎて右折すると駅であった。松見が挨拶する人は誰もなかったし、される人もなかった。たいがいの補助員は直接、皇子山まで行くだろう。部員たちは若い岸田に任せていた。いくらかの高校生たちはいたのだが、松見の知っている生徒はいないようであった。

電車が来ると端の四人掛けの一つに、進行方向を後方にして坐った。既に前には日曜出勤の人なのだろうか、六月下旬だったが、紺のスーツ姿の男性が新聞を読んでいた。

膳所《ぜぜ》駅で下車し、すぐ前の電車に乗り換えた。生徒の数がずっと増え、殆ど生徒ばかりの状況であった。今日はおおむね決勝であるから、それほど出場する選手も多くはないはずなのに、それでも応援か補助員かで行くのであろう。

陸上競技の話をする生徒の声は、あまり聞かれなかった。なんでも松見の知らない歌手の歌のことだったり、また、友人の噂話なのであるらしかった。主に女子の声が多かった。

彼も皇子山に向けて電車に乗っているだろうか。おそらくK市から直接、向かっているのであろう。プログラムに宿舎は載っていなかったようであった。もちろん、K市に住んでいるとは限らないのであるが。

決勝は四時半のスタートであるから、選手はある程度の余裕があると素人は思い勝ちだが、実際にはもう始まっているといっても過言ではない。松見もかつて、試合の日の緊張感はひどく、どうにも落ち着かなかったものだ。

それにしても、これから彼が陸上競技を続けてゆくことの困難さを、松見は犇々《ひしひし》と感じるのである。松見の辿った道を彼も同じように辿ることになるのだろうか。

そして、難問の結婚はもとより、すべては彼女が付いているといえども、どう親が説得するものでもない。すべては運命と片付けることになるのか。

しかも、彼のハンディはこの後も付いて回ることになるだろう。もとより、彼の親がどのようになっているのか、知る由もないのであったが。彼女が再婚しているのであろうか、既に彼はすべてを知っているのか。どちらにしても、彼の前途は複雑で困難な道ばかりであろう。

今はまだ陸上競技を続けられているが、いつ、どのような形で辞めてしまうかもしれない。もちろん、彼が箱根駅伝に出て、のちにマラソン選手として活躍するかもしれないのだが。かなり長く続けた松見だったが、突然、それはやってきた感があった。あの自信のない中でのスタートの緊張感。そして、予想した順位をはるかに下がり、あまりにも惨めな結果。

確かに若かった日、先頭集団を走っていた時、どうなってもよい、すべてはこの時だけだ、といった刹那的な気持ちに陥ったこともある。

ある意味で純粋さは恐しいほどのものである。国をあげて出場している一流選手にとって、いわば国粋的な気持ちになるのは分からない訳ではなかった。それでいて、松見はアべべ選手にも惹き付けられたのだったが。

一流選手であった宇佐美、佐々木、采谷、そしてスピードランナー沢木啓祐。ユニバーシアードで一万、五千、どちらも鐘が鳴ってからのラストスパート。鮮やかな逆転優勝。沢木のあの試合も忘れられない。その沢木にしてすら、マラソンでは大成しなかったのだ。あるマラソン選手は、気付けば、病院の白い天井を目にしたのだったという。白いズック靴が赤く染まっていたとも。

右手にグラウンドが見えてきて、電車は別所駅に近づく。


赤ん坊の泣き声を後方に聞きながら、松見は入口のドアを開けると、サッと冷気が入ってきた。急な階段を降りて、凍てついたような黒光りした道路に出た。

今日はいつもより早い時間のためか、殆ど往来する車はなかった。大通りに出て道路の左側をゆっくりと走り出しながら、道の感触をはかった。そう滑ることはない。思ったほど凍ってはいなかった。

ヤッケの乾いた音がやけに耳に響く。それも一つのリズムだった。精神的な苦悩が徐々に消えてゆくのが分かった。それは自然の中に溶けてゆくことを示していただろうか。生活の中にいる、あの苦悩はどうしてもなくならないものであるが、この走る行為はそんなものを一気に飛び散らせてしまうのであった。

この道をどこまでも進んで行きたいと思うと、なかなか折り返し点が決まらなかった。いつもの箇所はとうに過ぎてしまっていた。もう、それからも、どれほどの距離を進んだであろうか。往くことばかりで還ることを考えていないようなジョギングであった。

それはまるで、あのウィンザーマラソンのように折り返し点のない、一方の競技の中にいるようなものだった。いつだったたか、重松森雄が白い手袋をして、ゴール真近の写真を見たことがあった。すぐ近くに応援するイギリスの女性たちが映っていた。

実は秘かに、松見は重松に憧れていたのだ。あまり足をあげないランニングフォームだったのだ。そして、当時の世界新記録を樹立したのだった。

どこまで走っても、走る苦しみはまったく感じない。こんなことがあるのかと思った。その時、松見には反省はなかった。ただ、どこまでも自分の意志を通すことが全てだった。たとえ、誰に助言を貰おうと聞く耳を持たなかったろう。

その日、久し振りの休日だった。結局、昼前に帰宅したが、殆ど口をきくことはお互いになかった。

ある人はそれを狂気を秘めた男と見たかもしれない。そんな状態でありながら、反省する様子もない訳だから、そう見られても仕方なかった。

確かに、その頃の試合はどこか狂気を孕《はら》んだ気持ちでの走り方だった。不思議なほどに、途中棄権がないのだった。どこにそんな根性があるのかと自分でも驚くことがあった。毒食らわば皿までとばかりに、どこまでもつっ走るのであった。

それほど大きな試合ではなかったが(フルマラソンとは限らなかったが)、常に上位に入賞していたのだった。

もちろん、それ故、記録的には優れたものではなかったが、それでも、やはりある種の賞讃は得ていただろう。

だが、走り終えてからの疲労は激しいものであった。それでも翌朝になると、まだ薄暗い道を走っていたのであったから、不思議な力だった。漠然とした練習が多い割には、スピード練習が少なかったが。

いつだったか、A化成の合宿に参加させてもらった選手の話を聞いたことがあった。朝から一流選手の後方を走るのだったらしいが、走ったり、川に飛び込んだり、挙げ句の果ては、先頭集団に遅れて、どう帰ればよいのか分からなくなったというのだ。

また、南の小島で、空腹のまま一日、走り続けた選手もいたという。もちろん、彼らはトラックでのスピード練習も併用していたのだ。殆ど想像を絶するような練習を続けているのであるから、到底、松見の考えているものとは異なっていた。さすがに、一流選手の練習はスケールが違うと松見は思った。

いずれにしろ、就職してからの練習は殆ど一人であったから、かなり甘いものになり勝ちだった。その分、量だけは多かったのだが。陸上競技を知らない人が見れば、すごい練習をしているといえども、実質的にはたいしたものではなかったのである。


勤めた頃は苦労が多かったが、ある意味で充実した日々だった。

部員の練習をみて、夕方、ひとり走り始めようとすると、妙に気分が乗らないのだったが、不思議にも走り出すと爽快になってゆくのだった。

たとえ、天候が悪かってても、そんなことは関係なかった。むしろ、小雨の降る、どんよりとした日の方が気持ちがよかった。そうして、徐々に苦しくなってくると、そのまま、日頃の憂さが消えてゆくようで、その分、苦しさが心地よかった。デッドポイントを過ぎて、セカンドウインドに入ったのだ。

殆ど同じコースを通ることが多かったが、比較的、車の少ない道を選んでいて、走ることはまた心地よい楽しみも得られるのである。

いつもながら、グラウンドに帰って走り終えると、ほっとして軀中《からだじゅう》が妙に軽くなるのが感じられた。ほてった軀に吹き抜ける風が気持ちよかった。

今日も一日、走り終わったと思うことは、それだけで達成感があった。ただ、勤めてからの練習が単調になっているのは心配だった。下宿近くの、いつもの店で食事を摂った。ボリュームのある夕食を格安で提供してくれるのだった。

また、体育や保健の授業も思うようには、いかなかった。体育でも、走ってばかりもできなかったし、どうしても球技が多くなった。とりわけ、保健に出てくる漢字は松見を悩ませた。画数が多い漢字を覚えることは、なかなかできなかった。

教科書を何度も見て、板書するのだったが、間違うこともあった。もちろん、生徒もその点は大目に見てくれていたのか、何も言わなかったが、女子の低い笑い声を意識することもあった。彼女らも日頃の松見の狂気の果てに見えるマラソンを、それなりに認めてくれているようであった。

こんなこともあった。体育の授業中、生徒とのトラブルがあった。その生徒は松見が以前から気にしていたのだったが、あまり熱意がなかったことと、他の生徒にふざけたり、からんだりしていたことだった。教科の成績がよい分、体育を軽く見ている点が気になっていたのだった。そんな時、松見が手を上げたのだった。運悪く耳のあたりに当たった。

一応、あとで本人に謝ったのだったが、親が何か言うか心配だった。運よく、担任が副顧問の植田だったので、彼が家庭訪問してくれたのだった。よほど上手に話してくれたのか、親からの苦情もなかったし、本人自身もそう根に持っていないようであった。植田が語ったところによると、父親も松見の活躍は知っていると、言ったようだ。

松見も一流選手なみに、シューズについては、かなり凝っていた。マラソン用のシューズは底がかなり薄いものだった。また布製のものではなく、バックスキンといわれるものは高価であった。もちろん、雨の中で走れば、これはいたみやすかった。

トラックの場合は、ピンが底に付いている、いわゆるスパイクだったが、タータン用は普通、短いピンであった。

そんなことで、松見は殆どマラソンシューズで走ることが多かった。つまり、トラックでスピード練習することが少なかった。たとえ、夕方、トラックを走っても、マラソンシューズのままであった。スパイクで走れば、少しはタイムがよくなるのだったが。

その点からも学生時代の方が断然、質の高い練習をしていたことになる。第一、仲間と一緒に走ることは、それだけ刺激になるのは当然だった。

長距離の練習方法として、リディアード方式といわれるものは、休日を設けないものだった。そして、クロスカントリーで鍛えるということだ。もちろん、それは日頃、トラックでスピード練習もしてのものだったが、松見は履き違えていたのかもしれない。

むろん、そんな本を取り寄せたこともあったが、やはり、一人では実行できるものでもなかった。そうして、漫然と走っているのは、楽ではあったが、あまりよい練習ではなかった。分かっていたが、やはり楽な方に流れるのだった。

松見は就職してから、徐々に厳しい練習が減っていることを痛感していたが、学生時代のスピード練習がまだ軀で覚えているのだと感じてもいた。学生時代は、そのためか足を痛めることがあったが、就職してからは殆どなかったから、その点からもかなり甘いものになっているのは否めなかった。


あれから一年余り経った日曜日だったが、早朝のジョギングを終えると、そのまま学校に向かった。

グラウンドに出ると、部員一同が松見に挨拶した。部長の福山の指導で、全員が柔軟体操を始めた。陸上部の雰囲気と家庭のそれは、あまりにも違い過ぎた。やはり、部員たちは自分のマラソンを認めてくれているのだろうと思った。

松見の渡したメモを見ながら、その後、福山が説明して、それぞれのパートに分かれて専門の練習をするのであった。福山は短距離に先頭になって積極的に練習していた。投擲《とうてき》は円盤の選手が二人だけだったので、お互いに向かい合って軽く投げ合っていた。松見は二人に充分注意して投げるようにということを忘れなかった。長距離も五名いたが、それほど目立った選手はいなかった。生徒も恐れをなしてか、松見に何かを聞くこともなかった。ゆっくりと学校の周囲を回っていた。

午後、スポーツショップや書店に立ち寄ったりして、夜八時頃だったか、帰宅すると真っ暗であった。松見は何かあると咄嗟に思った。

台所の卓上に一枚の用紙が置かれていたのだった。

——日々の生活よりもマラソンというものを重視されているあなたに付いてゆくことはできません。赤ん坊は私が育てます——

その下には初めて見る用紙があった。印鑑が押されていた。鉛筆で薄く、市役所に提出してください、と書かれていた。

薄々、感づいてはいたが、そういうことだったかと松見は思った。近頃、二人の間に殆ど会話らしいものはなかったのだった。

産休で実家に帰ることが多かった時、実際、松見は彼女がいない時の方が、ほっとするのだった。

翌年、K市の高校から地元近くのK高校に運よく転任できた。去るにあたり、陸上部の生徒には謝罪の気持ちを述べ、一応は一身上の都合でと伝えたが、真相を知っているようであった。植田は「今後の健闘を」と言ってくれたが。

過去のことを忘れ、新天地で出発しようとしたのだった。転任校の校長から、君はすばらしいマラソンの才能を持っているのだから、その能力を充分に発揮してほしい。生徒にも体で教えてほしい、と言われた。その校長はまったくスポーツには興味のない、学者肌の人だったが。松見は黙って聞いていたが、その自信はなかった。

K高校では、松見の陸上のことについては知る人もいくらかいたが、私的な問題についてては知らないようであったし、また松見から話すこともなかった。なんとなく、走ってばかりの変わった先生という印象であったようだ。

前任校と同様、殆ど年中、体操服で通そうと考えていた。入学式と卒業式の数時間だけがスーツ姿であったか。前任校でも体育科では松見ひとり孤立している格好だった。

早朝、まだ暗いうちに走っていると、ある家の軒下で、いつも松見が通過すると、電灯が点いた。最初は少し気味悪く感じたものだったが、のちに知れば、センサーで通れば電灯が点く仕掛けになっていたのだ。既に田舎にも、そんな装置があったのか。

暗い道を走ることは、見えにくい分、速く走っているように感じた。

転任校では家から通えたから、その分、すべてにおいて落ち着けるのだった。

通勤には走ってゆくこともあった。僅かに十キロ足らずであったから、松見が走れば四十分もあれば充分であった。

そんなことで、練習時間は以前と殆ど変わらなかったが、緊張感はかなり低下していた。その分、微妙に力が落ちてきているようにも感じたりした。


やはり、バツの悪いのは思わぬ道で、ランナーに出くわしたときだった。擦《す》れ違う場合は問題なかったが、もしも後方から抜けば、そのランナーはまた抜き返そうとするだろう。そのためには、かなりのスピードで一気に抜き去り、後を付けられないようにすべきだった。

しかし、なかには、じっくりと後方を付けてくる男もいた。そんな駆け引きは結局、疲れるだけであることが分かっていたが、お互いに走る男は自分の力を誇示するのだった。

案外、それはよい練習法だったか。もちろん、ロードで出会うランナーで自分より強そうな男はいないと松見は思っていた。

地元の道は知り尽くしていたから、どこを走っても、かかる時間がおおよそ分かった。

ただ、早朝か夜かであったから、出会う人は少なかった。

松見は中学から陸上競技を始めていたが、本格的にはY高校に入学してからだった。高校では陸上部の長距離に属していた。監督の渡辺先生が長距離専門だったから、とりわけ指導が厳しかった。自分の出来なかった部分を後輩に託そうとされるのか、殆ど長距離の指導が中心の感もあった。

それ故、松見はなんとかスケジュールを全うして、かなりの成績を修めたのであった。

K大学では体育コースだったから、またここでも厳しい練習の明け暮れだった。ただ、大学では自主的な練習時間もあり、ある程度、松見の思い通り、休日にはクロスカントリーのような走り方もできたのだ。合同練習とは違って、自由に走ることが可能であった。

そんなことで、殆ど走ってばかりの大学時代であったといっても過言ではない。それも高校時代からの延長のような感じで、他の学生よりも比較的スムーズに続けていけたのである。

松見は学生時代から長い距離でもジョギングなら、なんともなかったが、例えば四百メートルを十本、暫く時間を置き、千メートルを五本とかといえば、これは苦しい。どの選手も最後はふらふらになる。しかも、タイムトライアルだからマネージャの示すタイム内で走らねばならないのだ。

そんなことで、ジョギングのあと、スピード練習は憂鬱だった。

その厳しい練習に耐えた選手だけが栄光を獲得することになるのだ。もちろん、所属する企業でも、強いところほど、その厳しさは尋常ではないだろう。その点、学生はまだまだ甘いところがあっただろう。

多くの選手が切磋琢磨している訳だから、最終的には一握りの限られた人が勝つことになるのだが。


渡辺先生はよくアベベの話をされた。実は松見がマラソンに興味を持ったのは、なんといっても、あのアベベだったのだ。東京オリンピックで強烈な印象を残した。

あれ以来、走っていると、調子のよい時はアベベになるのだった。もちろん、それは一人で走っている時に限られるのであったが。試合になれば、先頭に立つことは殆どなかったし、苦しさが先に立って、そんな余裕もなかったのである。

そんなアベベがメキシコで、途中棄権したのは衝撃だったが。常に先頭を哲学者のように黙々と走っていたのに。むろん、スポーツ選手としての寿命は誰でも、そう長くはない。まだ、マラソン選手は長い方ではないか。外国には四十歳代で現役の選手もいるそうだが。

K高校に転勤してからも、以前のように競技には出場していたが、徐々に成績は下降線をたどることになってしまっていた。

そうして、松見の場合、結局は敗けたことに違いなかった。競技を辞めることは、そのことを示していた。

確かにホッとした面もない訳ではなかったが、それ以上に、その寂しさは何と表現すべきであっただろうか。もし、やっていれば、走っていただろう試合を見る余裕はなかった。どこをどう車で走っていたのか、その二時間余りを悪夢の中にいたのであった。

恥ずかしいことながら、涙が次から次へと出てくるのだった。その度に涙をぬぐった。運転することが危険なほどだった。

それにしても、それほどの悲しさが込みあげてくるのか、自分でも不思議だった。あれほど魅力的であったマラソンを、どうして諦めねばならなかったのか。はるかな後輩に敗けたのもショックだったが、年齢的なものか肉体的な衰えは隠せなかったし、精神的にもまいっていた。

多くの引退する選手が、こんな気持ちなのだろうかと松見は思った。いや、情報で知る限り、サバサバとした引退に思えた。やはり、一流選手は違うのであろうか。松見は二流と思っていたが、今では三流だったと悟らねばならなかった。

確かに、一流選手ほど引き際が美事であっただろう。成績にキズが付くと考えていたのかもしれない。かつての一流選手が惨めな敗け方はできないだろう。

その点、松見のように、だらだらと、いつまでも走っていると見られる選手は、敗けても当然と人びとは見るだろう。本人はまったく真剣そのものであったとしても。

松見の場合、指導力がないと思われる分、長く続けていた嫌いはあった。走ってさえいれば、生徒は見ているのだと安易に考えてもいた。その気力がもう尽きてしまったが。

監督だけとしては、まったく自信がなかった。かつての渡辺先生のような指導は、とってもできないと思われた。今は若い岸田が中心になって指導している有様だった。

部員の中には、「先生の若い頃、長距離がすごく速かったそうですね、ぼくの父が言っていました」と言われると、悪い気はしなかったが、それで元気が出るというものでもなかった。

岸田も真面目な男であった。マラソンでの松見の過去を知っているためか、一目置いているようであった。しかも、彼なりに、この人は狂気を孕んだ人だとでも思っているのか、松見がいやな思いをする言動はなかった。

その意味でも、クラブ活動は松見が何もやらなくても、いるだけで岸田は却ってよかったのかもしれない。彼の専門は跳躍だったが、もちろん、短距離も速かった。

ところで、高校生が陸上競技をどのように見ているか分からないが、たいがいの生徒においては続けることをそう強く感じていないようであった。一旦、辞めてしまえば、もう一度やろうとする気持ちはなかなか湧いてこない。第一、それ以外に誘惑されるものが多過ぎる。ただ、選ばれた者だけが、それは指導者にもよるが、継続することになる。

もちろん、若い彼らに深遠な思想も宗教的な何かもありはしない。それを教える監督もそういないだろう。その点、当時の渡辺先生は、どこかに何かを秘めたようなものがあった。オリンピックの話やマラソンの話題が多かったが、松見はある意味、心酔していた。のちに、先生からの受け売りの知識だったが。

生徒の中には陰で、「渡辺先生て、そんなに強かったのか」という者もいたが。また、先生を右翼という生徒がいたが、最初、松見は何のことか分からなかった。先輩は笑いながら、国のためなら死んでもよいということだといった。松見が感じる先生は熱心さの表れだろうと思っていた。

渡辺先生は性格的に明るい感じがした。長距離というだけで、何か暗いイメージがするが、先生はそんなことはないように思われた。

あのアベベ選手は、どこか崇高な感じがして、こんなランナーが世界には、いるのかと思ったものであった。

松見は高校時代に漠然と考えていたマラソンについての思いは結局、年齢を重ねても、それほど変化していないということであったが、人生というものについては、あまりにも違い過ぎるように見えるのだった。もちろん、高校時代の松見は殆ど人生といったものについて考えることもなかったが。

渡辺先生のモットーは生活をそのままマラソンとせよ、と言われているように聞こえた。もとより、高校にマラソンという種目がある訳ではないが、話の中にマラソンという言葉が出てこないことはなかった。高校生でマラソンを走った人に中尾隆行がいた。松見はのちに中尾選手に手紙を出したこともあった。

そんなことで、他の種目の生徒は殆ど聞く耳を持たなかっただろうが、松見だけは先生の話がよく分かっていたのだった。

実際、当時の陸上部員で、松見ほど長く続けていた者はなかった。たいがいの部員は高校を卒業すると辞めていたし、大学へ進学した幾人かも陸上はしていないようであった。ただ、長距離の一人だけが高校卒業後もN精工で走っていたが、かなり早くに引退していた。

松見はマラソンばかりを考えていたから、いざ辞めてしまうと、これからどう生徒を指導すべきなのかに悩むのであった。

自分がやっていれば、それだけである意味、間接的な指導になっていると思われたが、何もやらなくなってしまった今では、その軀で覚えたことを生徒に伝えていかねばならない。しかし、松見の場合、そのことは何か無理なことを、将来のある高校生にマイナス面を強いるようで、なかなか、その自信がなかったのである。

岸田の穏やかな練習風景が、やはり今の高校生には合うのだろうと思われた。確かにパッと見れば歌の文句ではないが、どの人が先生か分からない状態であった。それほど生徒の中に溶け込んでいたのかもしれなかった。松見に、そんな手品のようなことはできるはずもなかった。

もし、今の松見が指導すれば、一ヶ月で、いや一週間で部員はいなくなるだろうと思われた。やはり、渡辺先生の時代と今では、かなりの相違があるようだった。松見はそう思いながらも、いつの時代も生徒にかわりはないという信念も実はあったのだが。

まさか、すべてを捨てて、マラソン一本に賭けるなどとは狂気の沙汰であっただろう。しかも、松見自身、失敗したと思っている訳だったから、当然ながら、その指導法の難しさは十分に感じていたのである。

それでも、次々に好記録が全国的には出ているのだから、やはり、すばらしい指導者がいるのだろう。もちろん、選手の方もそれなりにすばらしい素質を持ち合わせているのであろうが。

ある有名な年輩の指導者は、若いマラソンランナーを、神が最後に私に与えてくれた選手であると言われたという。その選手は国際的にも一流のマラソンランナーになったが。なんと、八百メートルが専門だった。その選手がマラソンを走るから速いに違いない。

松見はマラソンに関する本は以前から読んでいたのだが、それ以外の陸上競技に関する本はなかなか読めなかった。ただ、やはり軀を使っての練習であるから、本から得られるものはたいして重要ではないという考えが根底にあったことは否めなかった。

どれほどマラソン選手の自伝らしきものを読んだとしても、それで強くなることはないだろう。却って、自分との相違を見せつけられて、いやになるかもしれない。

高校生らしい日常生活を送りながら、その中で陸上競技をする。それは人間らしい日常生活を送りながら、その中でマラソンをする、となる。それが理想であろうが、松見にそんな理想は殆ど絵空事に思えるのであった。

しかし、今後はそのような指導でなければだめなのであろうか。悪い見本はここにある訳だから、そうならないために。ある宗教学者が言ったという、「手本にならなくても、見本にはなる」という渡辺先生の受け売りなのだが。そういえば、反面教師という言葉もあるではないか。そう思えば、松見も指導者として、いくらか自信を持ってもよいのであろうか、とも思った。しかし、その自信はなかなか出てこないようであった。これもまた彼の性格的なものであっただろうか。

あの人が言ったように、人間らしい生活ができなければ、どれほどマラソンに打ち込んでいても、何もならない、ということか。そのために不幸な人たちをつくってしまったことになるというのだろうか。

やはり、真実はその辺りにありそうであったが、松見はなかなか、その考えを肯定する勇気は出てこないのであった。そういえば、松見は「愛する」という言葉を殆ど考えたことはなかった。まさか、マラソンを愛している、とも言えまい。あれは愛する対象ではないだろう。あまりに走ることばかりに没頭し過ぎて、何か大切なことを忘れてしまっていたのか。いや、今後も「愛する」といった言葉は松見に係わりがないように思えた。

これは松見にとって、「狂気」と対立する言葉であったようだ。


午後四時三十分、五千メートルの決勝だった。暮れなずむ初夏の日差しを受けてのスタートだった。二十名がひしめくコーナーではまさに格闘技さながらだった。有利な位置取りは当然ながら、松見の目は一人の選手に注がれている。ストップウォッチを持つ手に力が漲《みなぎ》る。その苦しさが自分にも直接に感じられるのだった。六、七位あたりをキープしていた。

トラックの十一周もほんの僅かな時間だった。

そして、最終の鐘が鳴り、なんとか六位でゴールしたのだった。十四分五十八秒前後か。松見の時代より、かなり速かった。

走り終えて上気した顔が近くにあった。その目元は、やはりそっくりだった。あの頃をいやでも思い出さねばならなかった。

そうして、その細長い脚に苦悩が宿っていたとしても不思議はなかった。松見は見てはならないものを見てしまった感じだった。彼の前途を想像する時、自分のような失敗はしないでほしい、と祈るような思いだった。それは、あるいは陸上競技に没頭しないという意味でもあったか。

それにしても、この競技場のどこかに彼女が来ているのではないかとも思った。帽子をかぶり、色の薄いサングラスを掛けていたが、自分の姿に気付いているのかもしれないと思うと、審判員としての責任を一瞬、忘れてしまうような気持ちになり、どこか虚ろな目を地面に落としていた。

既に選手たちは姿を消していた。ただ、競技場には風が吹き抜けているばかりだった。

ぼんやりと佇む松見は唐突に、

「やあ、久し振り」

と肩を背後から叩かれて、我に返った。渡辺先生だった。既に退職されていた。

「あっ、先生。ご無沙汰しております」

「いや、五千を見ていると、君の若い時を思い出すよ」

「はあ……」

「いつ見ても長距離はいいものだ。監督としては君もこれからだ。頑張ってくれよ」

急ぐからと、先生は手を軽く挙げると、松見から離れていった。

松見はマラソンを辞めてから五、六年経つが、殆ど指導者としての実績は零に近かった。既に年齢も四十歳を越えているのだ。果たして、先生のような指導ができるだろうかと思った。

今しがたの喧騒が嘘のような感じだった。

競技場から別所の駅まで僅かな距離だったが、どう歩いたか分からなかった。駅のベンチに坐ったまま、松見は何度か電車を見送った。

オリンピックの夏　新世界

「こんなバンドを締めてみい。鰐皮《わにがわ》やぞ。淀川の鰐と違うぞ。アマゾンの鰐や。鰐の捕《つか》み方を知ってるか、知らんやろ。鰐が口を開けたところに、こんな棒を縦にいれるんや。そしてな、口を開けたまま棒を引っぱって捕まえるんや。ええな。これは嘘や」

そんな話をしながら、時折、右手に持った短い棒で机を叩く。

「こんなバンド締めてみい。三千円とは言わん。千円でも安い。どや、五百円。何、五百円でも買わんのか。え、おっちゃん、買うか。はよ、五百円出せ。他の者はいないか。え、金がないと。そら、金曜の昼間から新世界をうろついているんや。パチンコで敗けたんか。あかん。もっと真面目に働かなあかん。そしたら、これ、どや」

今度は背広とズボンを机に並べて、棒を振りかざして言う。

「どや、この背広とズボン、両方で二万円でも安い。そやけど新世界の客は買わん。一万円で、どや。何、買う気あるんか。こんなスーツ着て、心斎橋でも歩いてみい、女が三人はできるぞ。なに、できない。そりゃ、男がよっぽど悪いんじゃ」

そんなことを語りながら、男は棒で、また机を叩きつける。

買う者はあまりいなかった。ただ、漫談を聞くような感じで、半円形で何重にもなっている。

これには隆も惹きつけられた。その男のドスの利いた声。その口調は誠に美事なものであった。

こんな商売をする人がいるのかと不思議な気持ちがしたものだ。そこは、また紳士服の店でもあったのだが。

それは、もう五十年も昔のことであった。


大阪に来て、最初は毎日、予備校に通っていたのであるが、前夜、珍しく遅くまで起きていたためだったか、朝だと思って起きたら既に十時過ぎだった。天王寺には着いたが、急に気持ちが変わり、そのまま予備校とは反対の道を、ずんずん歩いてゆくことになってしまったのだった。

公園を横切ったりしていると、前方に高い塔のようなものが聳《そび》えていた。それが通天閣だったのだ。

その界隈は殊の外に人びとが多くて、映画館など奇体な看板の出ている処が多かった。隆は好奇心に駆られて足を踏みいれてゆくと、初めて経験するような喧騒の中に嵌《は》まっていた。

道端で寝ている人もいれば、明らかに酔っている男も何人かいた。人を呼ぶ声や何かの音楽がかまびすしい。

人だかりができている場所もあり、何だろうと近づくと何か売っているようだった。子供の頃、田舎で見た祭りの縁日のような感じであった。人だかりの中に分けいると、殆どが男ばかりだった。

そこが叩き売りの店であった。

最初はタバコのケースを三個並べて、その中にしるしのあるものを客に見せる。そして、器用に手を使って、その箱を移動させ、また元のように三個を並べるのだ。練習として見せるときは、そのしるしの箱が当たるのだが、いざ、本番になると外れる。殆ど箱の動かし方は変わらないように見えるものの、本番の時には微妙に細工をするらしい。

それが済むと、今度は数枚のハンカチを机に広げて売る。一枚百円というが、これで買う客はいない。「今日の客はしみったれが多い」とか言いながら笑う。「ほな、五円」と。手をあげる客。もとより、客も笑っているのである。「それ、洗《あろ》たら、あかんで。溶けてしまうから」と言って、男は笑う。周りの男たちも笑った。

次はバンドをパンパンと机に叩きつけながら出してくることになるのだった。

ここは不思議な空間だった。箱のような形の街であった。まさに歓楽街ということだったが、人びとの動きはゆったりとしていた。

右へ行ったり左へ行ったり、どこに目的があるか分からない人たちの集まりのような街であった。そんな中で、とりわけ多くの人たちを集めているのが、その叩き売りである。人が人を呼び込んでいる雰囲気である。別に買う目的がある人はいないようであった。ただ時間つぶしに見ているような感じだ。それにしても、淀みのない弁舌はまさに職人芸にふさわしい。

何か、どぎつい言葉を発して、客を立ち止まらせるのは慣れたものだ。

「今、この中にスリがいる。動いたものがスリや」と言って笑わせる。

叩き売りを見終わって、隆は近くの角を曲がり、映画館の前の食堂に入っていった。その店は広い奥行きがあった。そのわりに客は時間が時間だったので少なかった。

隆が頼んだのは盛合せだった。食べ終わって代金を払おうとすると、十円足りなかった。しまったと思ったが仕方なかった。なんとか正直にその旨を話すと、そんでよい、と店の人は答えた。その時、「おいが出したる」と男の人が払ってくれた。その人は相当な歳なのに学生服を着ていた。隆はお礼を言い、その人と店を出た。

「兄さん、何しちょるん」

「学生です」

「そう、またな」

その人は隣のパチンコ店に入っていった。

それから、隆は当てもなく歩いた。歓楽街から少し離れた場所だった。

そんな時、隆の前に水が飛び散ってきたのだった。

「あっ、すんません」

女の声がした。

隆に駆け寄る女性を知って、むしろ、焦ってしまった。確かにズボンの裾が少し濡れたようであったが、黒いズボンゆえ、そんなに気にすることでもなかったのだ。

彼女はしゃがんで、隆のズボンの裾を見ている。髪をアップにしている彼女の首筋がやけに艶《なまめ》かしい。

「いえ、たいして」

と答えたと思う。

「まあ、ちょっと休んでいって」

「お金ないんです」

「そんなん、ええわ」

そこで、彼女の後ろから隆は店に入った。

そこはポエムという喫茶店だった。

「どうしたん」

と小母さんが言う。

「いや、この人に水をかけてしもてん」

「いや、なんちゅことやねんな」

隆は女性に勧められるまま、カウンターになった椅子に坐った。

「まあ、コーヒーでも飲んでいって」

彼女は既にカウンターの中に入って、サイフォンからコーヒーを淹《い》れていた。

「たいしたことないんです」

「そやけど、気の毒になあ。良江ちゃんもよう見て水まかな、あかんがな」

「よう見てた積もりやったんやけど、この人の足が速うて」

「よう言うわ」

隆は二人の会話を漫才でも聞いているように思った。

「どこから来やはったん」

「杉本町の方です」

「学生さん？」

「え、まあ、浪人なんです」

彼女の微笑した時の口元の愛くるしさは喩《たと》えようもなかった。

隆はコーヒーを飲み、これはうまいと思った。そして、今しがた見た叩き売りのことを話すと、良江さんは、面白いけど、女の人はあまりいないやろと言った。彼女は当然ながら、そう興味はなさそうであった。

別の客が入ってきたので、隆はお礼をいって、喫茶店を出ることにした。

「きいつけて」

「水かけられんようにな」

小母さんが言う。

「ほんまや」

良江さんの笑い声がする。もっといればよかったと後悔しながら、隆は路上に出た。

また、中心街に行くと、どのパチンコ屋も満員御礼だった。軍艦マーチの曲がかかると思えば、五輪音頭の歌であったりした。

そんな喧騒の街に、人びとがどこから来るのか、どこも溢れんばかりの活気に満ち満ちていた。酔いつぶれて、パチンコ店の入口で倒れている男もいれば、髪の長い老婆のような女の人もいたが、概して男の姿が多いようであった。

大概の店が道路上に看板などを延ばしていて、それだけ道路が狭い感じだったが、歩く人も多くて、一層、賑わいのようなものが漲《みなぎ》っていた。

新世界は隆にとって、誘惑するものが多過ぎるように思われたが、やはり随一は良江さんであったようだ。このような街の中で育ちながら、彼女の振る舞いには水際だったものがあるように思われた。

それから、隆はポエムの常連客のようになっていった。もちろん、大方は午後からだったが。

娘と母で殆どはカウンターの中に入っているが、入口に近いテーブルの席に着く客のために、良江さんがコーヒーを運んでくることが多かった。

また、良江さんが一番奥のテーブルの席に坐っていることもあり、初めての人は若い女性客と思うこともあるらしかった。日めくりの日付が一日ずれていることもあり、慌てて彼女が一枚破ることもあった。

常連客の中で、イチダイに通う人がいた。その人はノートを開けて、何か数字を書いていることが多かった。見ると数学の問題のようであった。隆が浪人生であることを知ると、彼はそのノートを見せることがあったが、難しい問題ばかりだった。

イチダイ生は南さんといったが、ポエムの近くの家に家庭教師として来ていたのであるらしい。

そして、南さんは良江さんとも親しくなってゆくようだったが、なぜか彼女と話すことは苦手なのか、あまり話さなかった。ただ、南さんが良江さんに好意を持っていることは確かなようであった。彼女自身、そんな彼の気持ちも分かっていたのだろうが。

あるいは、南さん一人の時は良江さんを独占しているのかもしれなかった。イチダイ生で、賢い南さんのことだから、客の少ない曜日の時間帯を覚えていて、そんな時にも来ているのかもしれなかった。


隆の下宿は二階で、四つの個室があった。急な階段を上がると左手に折れて、数歩で壁だった。その左手が隆の部屋になっている。窓がなくて昼間でも薄暗い部屋だった。もちろん、そのため部屋代も安かったのだが。

階段を上がった真正面の部屋は道路に面していて明るく、隆の向かい側の部屋の続きであった。

階段を上がった、すぐ左手の部屋は隆の隣になるのだったが、その部屋もそう明るくはなかった。

階段を下りた左手に小さな流しがあった。隆たちはそこで洗面したり、歯を磨いたり、洗濯をしたりした。トイレは流しから少し離れていて、裏木戸のすぐ横だった。

隆の向かい側の部屋の人は大学生であったが、時折、顔を合わせる程度で挨拶すること
ぐらいだった。

あとの部屋には、どちらも浪人生であり、窓のある明るい部屋には、どうしたことか東北の人であった。姉が大阪で働いているようだった。隆の隣の受験生は四国の人であった。その二人がどこの予備校に通っているのか知らなかったのだが、隆とは異なっていたのは確かだった。

親は京都の予備校をといったが、確実に下宿できる点と、大阪の大学を受験したい点とで、隆が決めたのだった。

東北の人は予備校に行かず、部屋で勉強していることが多いようにも感じられたが、殆ど話すことがなかったので詳しいことは分からなかった。

隆の隣――といってもベニヤ板一枚だった――の人は妙な咳をすることがあったし、声が少し掠《かす》れているようでもあった。廊下で出会うと愛想のよい顔で挨拶してくれたが、東北の人は無口だった。

薄明かりに気づいて起き出すと、既に十時を回っていた。隆は誰もいないと思われる下宿を、足音を忍ばせて下りてゆく。このままポエムに行くことになると思いながら、良江

さんの姿を浮かべた。

電車で天王寺に出て歩いた。街の中は余計に暑かった。昼食のためか、歩いている人は少ない。ジャンジャン町は、それでも大勢の人が通った。

「辻川さん、えらい早いやんか。学校サボったん？」

ポエムに入るなり、早速、良江さんに言われた。隆はトーストとコーヒーを頼む。

今日の彼女は白いブラウスを着ていた。胸のあたりが眩しかった。扇風機が回っているものの、やはり暑かった。この暑さにも彼女は元気そうであった。少しは陰気に見える時もあっても普通なのに、全然そのような感じがないのは不思議だった。

太っている分、暑いわ、とか、良江ちゃんに肖《あやか》りたい、とか、そんな会話が飛び交うと、笑いが起こった。お客に近所の女性が多いようであった。看板娘の良江さんがいつも、その中心にいた。

隆が初めて喫茶店に入った時（良江さんに引っぱられた格好なのだが）、不思議に安らぎを得られたのは、彼女の明るさだったと思われる。

そして、訪れるたびに知っていったのだが、時折、近くに嫁いでいる姉の洋子さんが顔を出していた。姉妹とはいえ、断然、良江さんが愛想もよかった。

小父さんが時たま出てきたが、今は隠居の身分であるらしかった。

隆にとって、まだ日が浅い喫茶店であるのに、何か十年前から来ているような錯覚に陥るようだった。

新世界の食堂で偶然、世話になった男性は小笠原さんといったが、それからたびたび出会った。如何にも肉体労働で鍛えたような肉付きをしていた。小柄だったが服装も奇抜だったのは、あの学生服を着ていたことだった。さすがに、その後はジャンバーのようなものを着ていたが、初めの二、三回は学生服だった。もちろん、金ボタンがついていた。どう見ても学生には見えなかった。その分、見付けやすかったが。

隆は小笠原さんと歩きながら、果たしてポエムに行けば、良江さんはどんな顔をするだろうかと、少々、楽しみでもあった。

彼はカミ郡とかいう地名を語ったが、もとより、隆に分かるはずもなかった。ただ、人のよさそうな男で、現場の仕事をしながら、そのまま働いた金は、すぐ使ってしまう性格のように見受けられた。

隆にバナナを奢ってくれたし、「兄さん」と隆を呼んで、妙な方言を時どき使った。

そこで、ある日、小笠原さんをポエムに連れていった。

「僕と友達ですねん」

と良江さんに紹介する。

「えらい、歳ちがうやないの」

「まあ、そら、ええがな。若い娘さんや。名前、なんちゅうの」

「良江さん」と隆が言う。

「ええ名や」

「この人、酔おてるんやろ。あかんで。そんな昼間から呑んでては」

小笠原さんが良江さんの腕を摑《つか》んだ。

「何するんやね。おっさん」

彼女は男から腕をはずすと、珍しく大きな声をあげた。

隆たちはコーヒーを飲むと、追われるようにして、ポエムを出た。小笠原さんは不満そうだったが、今は仕方ないと思った。

別の日、彼はよほど気前がよいのか、隆に奢ってくれるのだった。また、うまく出会うのも不思議だったが。財布には、一万円札や千円札が詰まっていた。彼は隆の目の前で、あたかも見せびらかすように財布を開けるのである。

そして、例の食堂に連れてくれる時、なんでも頼んでと言う。向かい合って坐ると、良江さんのことを話し出す。

「えらい、べっぴんやないか。あげん女がよいなあ」

と、にやにやしている。

「あまり近づくと嫌われるのではないですか」

と言えば、妙な言い方で応える。

「何や。そげんことあれへん。おいはあの子を好いちょる」と。

「でも、良江さんが……」

「兄さんも好いちょるんやろ。まあ、あんたは若過ぎる」

そんなことを言いながら、小笠原さんはコップの酒をぐいぐいと呷《あお》った。

「そんなに呑んで大丈夫ですか」

「なに、こげんもん、朝めし前や」

「今、三時です」

「兄さん、おいをおちょくるんか」

と言って笑う。

「いえいえ、そんな」

隆は定食の鯖の味噌漬けに箸をつける。

先のことを考えて生きていたのでは、体が持たない。今が充実していれば、それでよい。

あるいは、そんな気持ちにもなるのかもしれない。酒を呑んで愉しいし、もう世界はパラダイスという。

四十代である小笠原さんは故郷の高知に帰ったことがないという。もう帰る気もないような話をするが、酒が入っていると故郷を懐かしそうに振り返るのだから、やはり帰りたいのであろう。

隆から見ると、むしろ非常に人のよい性格に見えるのだが、住所不定のような生活だから、隆の知らないものを多く隠してもいるのだろう。

しかし、その気前のよさはどうしたことか。宵越しの金を持って、小笠原さんは隆に何度も奢ってくれた。

そして、隆を通じて知った良江さんをひどく気にいっているようで、それも酒を呑むと思いが一層つのるようだ。素面の時の方が少ないのかもしれない小笠原さんだったが。

仕事は工事現場であるから、その日によって異なるそうである。小柄な小笠原さんは高い工事現場でも楽に動くことができるのであろう。

食堂を出て、小笠原さんと連れだって歩いていると、知り合いか、時に手を上げ合って声を換《か》わしている男がいた。「知り合いですか」と尋ねると、よく一緒に仕事する仲間であると言う。

「兄さん、女には気をつけなあかん」

唐突に小笠原さんが言った。

「何か失敗でもされて」

と訊き返す。

「あるある」

と笑いながら、詳しくは話さない。

その時、隆は良江さんに小笠原さんが何かやらかすのではと、ふと思ったのだったが。

その日はポエムに行かず、パチンコに行く小笠原さんと別れて帰った。


初めて、小笠原さんをポエムに連れていって以来、だんだんポエムの雰囲気が妙になっていったことが感じられるのだった。

良江さんが彼を敬遠するような様子なのであった。

何はともあれ、良江さんに嫌われたら、ポエムに行くこともできない。それにしても良江さんはどうして、小笠原さんを毛嫌いするのか。あるいは、隆のいない時、かなり強引に彼女に迫ったのであろうか。

その点に関して、彼女は何も話さなかった。そして隆が小笠原さんを持ち上げることがそのまま、まずいことになったのは事実だった。隆にとって、二人とも、いたって人間的なよさがあると思われるのだが。

ポエムに来る客には、どこか変な人もいた。女性のようでありながら、声は男性のものと思われる人。そんな客も良江さんは上手に、もてなしていたし、相手も節度を保っているようであった。また、上下まっ黒の服を着た、見るからにこわそうな人にも、不思議と良江さんは気軽に話し、男も変なチョッカイを出すこともなく、さすが都会だと思われるのであった。

それがどうして、小笠原さんにはできないのだろう。あるいは彼がよほど愛情に飢えていたのか、孤独な人であったのだろうか、あまりに節度がなかったということか。

参考書ばかりを持っていても、単に飾り物のような状態では、何もならないことは分かっていた。実際は薄暗い部屋だったので、飾り物でもなかったし、訪れてくる人もいなかったのだが。

英数国は予備校のテキストが中心だったが、時折、午後から授業をサボった。『新々英文解釈』や『和文英訳の修業』といった参考書も殆ど開けたこともない。

隣の受験生が勉強しているのは気配で分かったが、そう思えば、余計に意欲が殺《そ》がれていくこともあれば、逆に敗けられんと発憤することもあった。

英語や国語はなんとか取りかかることができるのだったが、数学には、まったくお手上げだった。南さんの才能が羨ましかった。

そんなある日、ポエムでオリンピックの話題に花が咲いた。

隆がマラソンはアベベだと言えば、

「なんでアベベやの。日本の寺沢や君原、円谷はどうやの」と良江さん。

「いや、アベベが好きなだけや」

「そうかて、普通、日本の選手をひいきにするんちゃうの」

南さんは応えなかった。彼は無口であり、話しづらそうにしている。

「そらそや。良江ちゃんの言うとおり。日本の選手が勝つ方がよい」

そう言うのは小笠原さんだった。

隆がアベベについて話すことは、みんなから孤立してしまう形になった。南さんは隆に味方だという訳にもいかなかった。そうして客はすべて良江さんの肩を持つことになる。

バレーや柔道の話題も出たが、隆は断然、マラソンだった。小学校の時、運動会のマラソンで四位になったことがあり、走るのは好きだった。残念ながら、それ以降、陸上部に入ることもなかったのだった。

もちろん、近くに住む女性は、どこのスーパーがいくら安いとか、隆のまったく知らない話も出た。良江さんはその話題にも、うまく調子を合わせていた。

下宿の前に来て、二階の灯りを気にしてから、東北の受験生はよく勉強しているのだろうと思うのだった。

そして、このままでは来年の入試に合格は覚束ないと思いながらも、一方では、アベベが優勝すれば、隆も合格すると、妙な関係を自分で作ってしまっていた。もとより、何ほどの係わりもなかったのだが。

急な階段を上がる時、左手の部屋にも電灯が点いていて、如何にも受験生の様子が察せられると、みじめな感は隠せなかった。ただ、隆の前の部屋は暗かったから、大学生は帰っていないようだった。

隆も勉強しなければ、と電気スタンドを点けると、乱雑な机の周囲を見ただけで気が重くなる。

ベニヤ板一枚の隣は例によって、奇妙な咳が聞こえたが、一心に学習している雰囲気が読みとれるのである。

テキストを開け、英文の二、三行を読むともなく見ていても、辞書を引く気分は起こらない（その辞書は序のある箇所の裏に、二年の時、『山月記』の冒頭部を書き写していたのだが、今では恥ずかしい限りだった）。なんとなく内容が分かるようで、その実、分からないのであった。単語の意味が一つぐらい分からなくても、全体の意味は把握できるものだと、どこかに書かれていたことを思い出すものの、日本語になりかねた。

以前、受験生の心得といった本は読みまくったのだけれど、結局、自分がしなければ何もならない。

それでいて、隣の受験生が気になるのだった。彼も英語を勉強しているような感じで、辞書を引くようなパラパラという音がする。既に十時は回っていた。彼はコンスタントに十二時に消灯しているようである。それに比べ、隆はまちまちだった。三人の中でも隆が最も劣っているであろうことは明白だ。

沢山の参考書をさっと流すより、一冊を徹底的にやる方が効果的であることは分かっているものの、その一冊ができないのだった。そうして、他の参考書に目がいってしまう。

その夜、なんとか彼より少し消灯を遅らせることはできたのだった。

午後、ポエムで南さんの横に坐り、昨夜、書いてきた紙切れを見せる。

〈任意の三角形と同じ面積を持つ正方形を作図せよ〉というものだったが、南さんは呆気なく解いた。

彼は器用にフリーハンドで円を描いたり、補助線を加えたりして、この辺とこの辺の積がこちらの二乗に等しいからと注釈をつけている。正方形の部分に斜線をいれてもいる。

隆は南さんの書かれた細かい字や図形を見ながら、三角形と円の関係を頭に思い浮かべる。まさに手品を見ているような格好だった。

それにしても、南さんの学力には舌を巻くものがあった。普段の感じでは、どちらかといえば、パッとしない南さんであったが。

なんでも、高校までは関東で育ったということだった。言葉遣いが関西弁でなく、何か話しづらそうにしているとは思ったのだ。

そんな彼だったが、どこかのグループに属しているのか、話す内容にも分からない点があった。

隆の様子を見て、「そんなんで大学へ行けるの」と良江さんに言われると、ひとたまりもなかった。

ある晴れた日の午後、新世界の近くで良江さんに出会った。彼女は映画を観に行くという。新世界ではないらしい。咄嗟に隆も観たいと言ってしまった。うちは一人で行くんやさかい、ついてくるんやったら離れておいでという。

ジャンジャン町を通ると、例の、あの奇妙な声が聞こえた。以前に知ったが、彼女の話では、ビンゴゲームとかいうことだった。お経の文句でも唱えているような濁った女性のマイクからの声を聞きながら、良江さんの後方を追う。

地下鉄に乗る時、難波と言った。良江さんから離れて立っていると、坐っている彼女は時どき、隆の方を見て含み笑いをしている。

映画館の中へ、良江さんに続いて入っていった。彼女の右手に坐ってよいものか、もじもじしている隆を、良江さんは黙って坐るように指示した。

映画は「大脱走」だった。

良江さんは声をあげて笑ったりした。そして、彼女の手が隆の手を握ってきた時は、びっくりした。その手は温かくて、ふっくらした感じだった。

映画館を出ると、「面白かった?」と訊いてきた。「うん……」と答える隆に良江さんは満足そうであった。

帰り路《みち》、良江さんは喫茶店に寄った。

「たまには、よそのお店もよいわ」と言い、「レーコー二つ」と言った。

「マックイーンよかったわ」

「……」

「あんた、洋画、観たことないの」

「は、あんまり」

「『ベン・ハー』とか、『ウエスト・サイド物語』とか」そして、少し間をおいて、「太陽がいっぱい」と言った。いっぱいを「おっぱい」と聞いたような気がした。

隆は殆ど初めて耳にするタイトルだった。黙っている隆に彼女は、

「あんた、どんな映画みてたん」と。

「今は観てないけんど、チャンバラで東千代之介とか」というと、彼女は声をたてて笑った。良江さんは洋画が好きなようであった。

「今日のことは、ゆうたらあかんで」と良江さんは念を押した。

また、「あんたは騙されやすいから、気をつけなあかんで」と悟した。

隆より五つ六つは年長であろう良江さんは、そんな隆を面白がっているようであった。

喫茶店を出て、良江さんの後方を歩いていると、彼女の白いうなじがまともに見えると、妙な衝動に駆られた。

急に後方を振り返って、

「あんた、すぐ後ろを歩かんといて。なんか、気持ち悪いわ」

と軽くいなされてしまった。

そうして、「うち、ちょっと心斎橋で買物するんで、あんた、帰って勉強しな、あかんわ」

と言った。

そして、彼女は微笑を残して隆の前から離れていった。隆は彼女の後ろ姿を茫然と見送るより仕方なかった。


映画を観た日から何日か経っていた。ポエムでも、そのことは話さなかった。

隣に坐っている南さんに珍しく、出ましょうと促されて、従った。

「ちょっと歩きませんか」

隆は黙って南さんの後をつく。

天王寺から電車に乗り、下車してまた歩いた。そして、南さんの後方からアパートに入っていった。南さんの部屋は二階だった。

彼が窓を開けると、その前は奇妙な広場になっていて、煙突から煙が薄くのぼっていた。

隆はそんな風景をただ、ぼんやりと眺めたのであったが、南さんは不思議な微笑をたたえて隆を見た。

「どんな臭いがする?」

「えっ、よう分かりませんが」

それには答えず、彼はまた窓を閉めた。硝子越しにも煙は見えていた。

「動物の臭いがするでしょ」

「えっ、動物」

隆は南さんの意外な言葉に絶句する格好になった。

それから、南さんに促されて、二人して坐ると、問答になった。

「どんな本を読んでいますか」

「あんまり読んでいませんが」

「まあ、受験生だから、少し読むほうがよいかもしれません」

「南さんの読まれる本は何ですか」

それには答えず、

「うん、ま、君に向くものは梶井なんか面白いでしょう」

「名前は聞いたことがあります」

「『檸檬《れもん》』とか『城のある町にて』とか。開高もいいですね」

ここでの南さんは言葉に詰まることはなかった。

その部屋の畳がかなりいたんでいて、赤茶けたように変色していた。ゆっくりと古びた扇風機が回転している。

ポエムでは殆ど話さない南さんが、今日は多弁であるのが不思議だった。

「何回生ですか」

「いえ、法学で、大学院に」

「すごいですね」

「いえ、就職できなくて」

南さんの淹れてくれたお茶を飲みながら、整然とした部屋のたたずまいに、その性格を見る思いがするのだった。

なぜか極端に几帳面な人であると思われるが、そんな点が勉強にも通じているのであっただろうか。

現象学とか、マルクスとか黒々とした隆の知らないような分厚い本が並んでいる。

「君はどこを受験するの」

「まだ決めてないのですが」

「あまり勉強していないようですね。もう少し真剣にならないと。受験は集中力の持続ですね」

南さんはいとも簡単に話す。もともと、彼はそんな性格なのであろう。隆のように軽率な様子は見られなかった。

「ところで、良江さんをどう思う」と改まって問い掛けられた。

「きれいな人です」とだけ隆は答えた。南さんは黙っていた。

帰る時、南さんが送ってくれた駅は、下車した駅とは違うようであった。

まるで迷路のような道であった。隆はひたすら、南さんの後方をつくだけで、まったく道の様子は分からなかった。

ただ、華美なレースの赤や黄の服が飾られている店があったり、強烈な匂いを放つ漬物が売られている店があったりした。

細い道を通って、やっと駅にたどりついた。

南さんは、環状線で天王寺で降りて、地下鉄に乗るとよい、といわれた。よくは分からないまま、お礼を述べて改札口を通った。

そうして、天王寺の駅を降りたら、地下鉄を探して、なんとか動物園前にきた。

ポエムに立ち寄ると、そこに小笠原さんが泥酔していて、青い顔の良江さんがいた。

「こんな酒酔い知らんわ」

珍しく良江さんが、ひどく怒っている。一体、どうしたということだろう。

なんでも、彼女の話によると、酔った小笠原さんが良江さんに抱きつき、顔に口をつけようとしたのだそうだ。良江さんが払うと、小笠原さんが倒れてしまったのだ。警察に連絡しようというところまでいったようだったから、あるいは隆が来なかったら良江さんは連絡していたかも知れなかった。

連れて帰って、もう、酔うて来んように、と彼女は強い口調で言う。

隆は小笠原さんの腕を持ち、なんとか立たせ、ポエムを出た。

小笠原さんは出ると、自分の足で歩き出す。思ったほどは酔っていないのだった。小笠原さんをなだめる方法など、あるはずはなかった。小柄なわりに肉体労働で培った体は隆の比ではなかった。

なんとか、小笠原さんを帰らせることになった。叩き売りの前で別れた。

その夜、隆は南さんの部屋から見た光景を思い出していた。動物の臭いとか言われたが。また、集中力の持続と呟きながら、参考書を見つめていた。

最初、隆が小笠原さんをポエムに連れて行ったのが、結果的には間違いだったか。まさかと思ったが、彼はひとりで別の日にポエムに行き、酒の匂いをさせながら、かなり派手に暴れたのであったらしい。さすがの良江さんもショックだっただろう。時には彼女が奥に隠れることもあったという。

良江さんは隆に最後に言った。

「あんな呑みすけのスケベエは知らんわ。あんたが連れて来たからや」

隆もさんざん怒られる羽目になってしまった。


夏が終わろうとする頃、隆は良江さんに叱られたこともあり、だんだんとポエムを訪れるのが間遠になってしまった。

そうして、以前の怠惰な生活を捨て、受験生としての日々を取り返さなければならない、東北の人のように部屋に籠るぐらいにならなければと強く思うようになった。暫くの辛抱だ。

それからは、サボり勝ちだった予備校を当然ながらフル活用することになっていった。

また、英語・数学・国語以外の理科や社会の授業も受けねばならなかった。

やはり、予備校生たちの真剣さが一番の刺激になった。不思議なことに勉強に集中しだすと、雑念がどこかに隠れてしまうようであり、南さんの語った言葉がそのまま体で実行できていくようだった。

模擬試験も急に成績がアップしたようであり、少し自信らしきものが芽生えてきた。そうなると、下宿の部屋の二人のことも、それほど気になることもなく、自分のペースで勉強できるようになってきた。

予備校の授業と、下宿での勉強がうまく嚙み合っていくと、毎日がまた充実していく感じでもあった。

隆の大阪暮らしも、ほぼ半年近くになっていた。確かに隆にとって、以前に経験したこともない日々であった。家には一週間ほど帰っただけであった。

思えば、隆以外の人たちはしっかり地に足をつけて歩いているのである。隆ひとりが彷徨しているに過ぎなかったことを悟った。

隆の予想通り、十月の東京オリンピックでは、マラソンでアベベ選手が優勝した。別に何も隆が自慢することではない。そして、弥生の三月、隆はなんとか地方の大学に合格することができたのは嬉しいことだった。

それにしても、あれ以来、隆はポエムにも行かなかったし、殆ど誰とも話すことがなかった。

のちに、合格してからポエムに報告がてら行くことになったが、残念なことに良江さんはいなかった。

小母さんの話によると、もう小笠原さんも来ないし、南さんも訪れなくなったという。

いや、南さんはもう日本にいないのかもしれないと、妙に話しにくそうに語ってくれたのだった。

そして、肝心の良江さんのことには、なぜか触れようとはしなかった。

良江さんのいないポエムは、やはり寂しいものだった。あるいは何か問題があり、彼女が暫く身を隠してしまったのだろうか。

小笠原さんがどうなったかは知るよしもなかった。もう出会うこともないだろう。人のよい分、不幸が多かったのかもしれない。

あの二人の受験生がどうなったのかも知らない。東北の人は姉のような女性と明るく話し合っていたところを見掛けたことがあったから、志望校に合格したのであったろうか。妙な咳をしていた、人のよさそうな四国の人はどうだったか。

まだ、一年にもならないのに、あの頃のことがもう遠い日に思えてくるのであった。

半世紀も昔のことが夢のように思われた。いや、あれはすべて夢だったのかもしれない。そして、五年のち東京オリンピック・パラリンピックがあるということだが。

土の記憶

こんな短歌をご存じでしょう、と言って講師は白板の右の方に、二行にわたって次のように書き出した。歌中の句読点に奇異な感じがした。

葛の花　踏みしだかれて、色あたらし。
この山道を行きし人あり　　　　釋迢空

その講師は辞典から写してきたままだが、と笑いながら言うと、〈葛〉の説明文を書き足した。

葛＝マメ科のつる性多年草。山野に自生。八〜九月に紫赤色の花をふさ状につける。根からでんぷんをとる。秋の七草の一つ。

受講生の中には用意してきたノートに、こまめに写し取る者もいた。

「こんなものは写さなくてもよろしい。辞引を見れば書いてあるのだから。私は時間潰しに書いているだけですよ」と薄ら笑いを浮かべて言う。

その態度はまったく他の講師陣とは異なっていただろう。内田より幾らか若いその講師は一体、どんな生活をしているのかと興味が湧いてくるのだった。

首筋に細長く折り畳んだハンカチのようなものを着けているのも珍しい。

そして、この歌にはある事件をイメージでもしたかのようなことを、彼は強調するのであった。

それから二、三日したあと、内田は町中で偶然にもその講師を見掛けたのである。もとより、彼が内田を覚えている訳もなかったから、尾行しているのに気づく筈もなかった。いえ、尾行といえるものではなく、少し遅れて一緒に歩いているのだった。講師の日常生活の一端を見ようといった風なことであったのだが。

彼が、とあるデパートの地下に降りていくのを見て、何か食品でも買うのであろうと推測したのであったが、なんと、試食のコーナーで摘み食いをする有様であった。

しかも、試食というよりも食べ捲《まく》るといった感が強く、女子店員に「サイコロに揚げた芋の、おかわりはないか」と催促する始末である。これには閉口したが、一方で、この人物ならと納得する面もあったのだ。

内田は聴講していて妙に魅せられたのは、ある種の破滅的な雰囲気があったからに他ならない。例の微笑を浮かべながら——見方によっては受講生を小馬鹿にしながら——話すなかに、どこか人生を捨てたような感じが垣間みられたのである。

「この人は釋迢空と言いながら坊さんではありません。よく分からん人間で、まあ変人の最たるものでしょう」

と、どこかで自分を語っているように話すのであった。比較的若い受講生の中には、気でも狂っているのではないかと思ったりする女性がいても不思議はなかっただろう。

「なんでも、黒っぽい服を着て、この人の信奉者がぞろぞろと後を付いて歩いていたということです。いや、東京にいたのですが、生まれは歴《れっき》とした大阪人なんですよ。大国町近くに碑があるでしょう。まあ、みなさんにとって大先輩となるかもしれませんね」

どこまでが真実か分からないような話し振りではあったが、そう話す講師には確かに、どこか狂気を秘めているのは充分に感じられたのである。

その正体不明のような後ろ姿には、もしもデパートの地下で殺人事件が起こったとしても、それほど驚くには当たらないと思っているように感じられるのだった。ただ、この人物の奇行を見たいと内田は思うばかりであった。

地下の食品コーナーを食い尽くすと、この男はゆっくりとエスカレーターで昇っていく。口の中に食べ物が残っているのか、指を口にいれているような仕種が後方から見てとれた。あまり付いていると気づかれて、受講生の身分がばれてしまうと思い直し、内田はその男から離れた。

そうして、次の授業になんと、その一部の話をするではないか。

「実は余談なんですが——いや、私の話は余談ばかりで——先日、デパートの試食コーナーを襲いまして、たらふく食ってきました。みなさんも食事に困られたら、デパートの地下へ行ってください」

そんな話も平気でするのだった。そして、

「なかには、食べたいのだがプライドが許さないと思っているような御仁もいますが、そんな人はお馬鹿さんです」

と言って笑うのだった。

内田はまさか自分が言われているのでは、と思ってヒヤッとしたのだったが。

「いや、この男は女よりも若い男が好きでして」と話し出す。

「逃げる弟子をどこまでも追い続けて、引き戻すことになるのですが」

と、また訳の分からん話を始める。

「つまり、男ばかりの共同生活なのですね。女を寄せつけない。まことに見上げた生き方であります。いや、確かに面倒見はよいのですよ。師弟関係が徹底しているのでしょうか、今どきの時世では考えられないことですね」

夜毎に内田を襲ってくるのは一言でいえば郷愁というものであった。はっきりと覚えているのではないのだ。むしろ、長年の間に積みあげられた自分の作った過去であることは、薄々わかっていたが、いつもある種の恐怖感が伴うのは、どうしてなのだろう。しかも、電灯を消してからがいけなかった。

過去の亡霊がよほど強いのかと思われたのだが、そのような根拠はどうやら、あの講師にもあるようなのであった。

都会に出てから、殆ど故郷のことは思わなかったのだが、退職してからがいけなかった。もともと戦争を直接に体験する世代でもなかったが、明らかに影響を受けていたことは事実だった。あの混乱した親族の中での幼年時代は長い間、遠ざけてきたものであった。まさに居候の日々だった。何かにつけて遠慮しなければならなかった。

ひとりで暮らすようになり、どこかで人間不信に陥ってきたことでもあろうか。それも他人のせいばかりではなく、自分自身の過失による面も多かったのだろうが、今になって過去を振り返ってみても何のプラスにもならないことは分かっていた。

既にあの時、故郷を出奔した時点で誤っていたのかもしれなかった。そのまま音信不通になってしまった人間に、どんなすばらしい人生が開けることがあるだろう。

中学を出て、大阪で幾つかの仕事をし、うまく印刷会社に入れたのだったけれども。仕事に係わって、文字に興味を持つことができたし、それにつれ何か文学的なものが好きになっていった。

印刷された文字には妙な憧れがあり、何度か文字の誤りを発見したことが親方に褒められ、ますます興味を引くことになったのは否めない。

しかし、成功（その内容は曖昧だったが）するまでは帰ることはないと誓ったことが既に間違いであったことに気づかなかった。焦操に駆られれば駆られるほど深みに嵌《は》まる結果になってしまった。

誰にも祝福されない結婚がうまくいく筈のないことにも気づかなかった。僅かな罅《ひび》割れがいつか破局となってしまった。それも自分の倨傲《きょごう》な態度にあったことも気づかなかった。

それ以降、ますます孤独な生き方は内田の人生を狭いものにしていった。

なんとか老後の生活は成り立っているように見えながら、如何せん孤りではどういう保証ができるのだろう。むしろ、退廃的な生き方をした人に共感を抱くぐらいが関の山である。そして、自分ひとりではないと妙に安心したりしているのだ。

そんな時、打って付けの講師を見出したのであった。もちろん、最初から講師が分かっていたのではなかった。案内書に書かれた内容を見て申し込んだのであったが、結果として面白い講師に当たったのである。

小谷野《こやの》はその風丰《ふうぼう》からして、どこかデカダンスな匂いを秘めていた。常に服装に変化がないのも好ましかった。とりわけ、その言動に他人を寄せつけないユニークさがあった。

受講生の内田は小谷野の言動から、そんな馬鹿なと思う一方で、この講師なら、そうかもしれないと考え直すようなことになるのであった。

小谷野はワイシャツの首まわりにハンカチを折っていれていた。明らかにシャツを汚さないためであった。妙な癖と思いながら、内田はその生活の一端を見る思いがした。

風変わりな生き方をした人には、それに相応しい講師が必要だったと考えられる。当然ながら、この講師は独身であるに違いないと思われた。あるいは離婚していて、現在は孤りで暮らしている人物であると。

もちろん、小谷野は話の中で直接に身分を明かすことはなかったが、そのまま仕種や話の内容から、そんなことが内田には想像されたのである。

受講生は七十歳前後が中心で、幾らか若い女性もいて、二十名ほどであった。


二度目に町中で講師を見掛けた時だ。

小谷野はアルルと書かれた喫茶店に入っていった。内田も少し間をおいて続いた。その時、意外な光景を目撃することになったのである。

なんと、講師のテーブルに妙齢の女性が坐っているのである。かなり広いフロアであり、客は疎《まば》らだったが、内田が坐った場所から斜めに女性の顔を見ることになったが、何を話しているのかは分からなかった。

なんとなく、普段見なれた講師の、人を食った態度とは異なっているように感じられたのである。彼が殆ど話さないためだと思われた。女性も時折、話しているようだが聞き取れなかった。

そうして、二人は別々に出ていった。講師のあとを付けて出ると既に女の姿はなかった。内田は何か犯罪者のような心境になり、警官が近くにでもいるように思えて、もう講師を尾行するのを止めた。

あの雰囲気では、あるいは年格好から娘ではないかと思われたが確証はなかった。

帰り道、内田の住むアパートの近くで百日紅《さるすべり》を目にした。こんな町中にと思われたのだったが、その花は不思議な安らぎを持たらしてくれるものであった。故郷の村の入口にも百日紅が咲いていたことを覚えている。

ぼんやりと見ていると、「植物はよいものですね」と語り掛けるように言って通り過ぎる人がいる。内田は「ええ」と曖昧に応えてみたものの、誰かは分からなかった。単なる通り掛かりの人か、それとも自分を尾行してきた人かもとも思った。いや、尾行する人がいる訳はないと思い直した。

疑いが疑いを呼び、どこまでが真実なのかが見えなくなってくるのだった。何も気にしていないようで、何にでも気にしているようでもある。そうなると、もう悩むばかりで自分すらが信じられないという有様だった。自分が信じられないのは、全てが信じられないことと同じだ。そうなれば救いようがないと思われた。

例えば、ゴミ出しにも夜のうちに出してしまう家もあるが、内田はその日の朝に出すようにしていた。なんとなく夜中に出すと、そのゴミが朝の道路にぶちまけられているように思うためであった。

また、夜にゴミを出しに行き、女の人と擦《す》れ違った時、目を伏せるようにしたことで、なぜか相手が自分を変質者と見ているのではないかと思ったこともあったりした。

そんなことで、明るい時間帯に堂々と出すことに如《し》くはないと考えたのだった。

その日は結局、不可解な気持ちで帰宅した。

授業の始まる前、坐っている内田の背中に手が当たるので振り向くと、

「この前、デパートにいらっしゃいましたね」と男が声を掛けてきた。

「えっ、あなたもいたのですか」と応えねばならなかった。

「あの講師は試食が好きでして」と以前から知っているような口振りである。自分をこの男が尾行していたのかと、あらぬ疑いを掛ける結果になってしまうのだった。あの百日紅

の花を見ていた時も、この男だったかと疑った。

「それにしても、この講師の話は面白いですね。現実離れしていて。私は愉しみにしているんですよ」

男は西条と名告《の》り、内田より若くて丁度、講師と同じくらいであった。

やはり、そう思う人間もいるものだと、この男の存在を内田は確かなものにした。それ以降、西条には何度か声を掛けられることになるのだが。

小谷野講師の面白い話のあとも、西条に捕まった。

男の家庭は全うなものであった。夫婦と子供、男の母親との四人家族であった。聞いてもいないのに、西条は自分から語った。

そうか、そんな家庭の主人も、あの講師に興味を持っているのかと、今更のように反芻《はんすう》してみるのであった。そういえば、西条からはある余裕が感じられるのであった。

ただ、「息子の結婚が難しくて」と言ったのであった。しかし、それはまた愉しみでもあるようだった。母親が少し足が悪いことまで付け加えた。

天王寺にある、その文化センターは色々な催しにも使用されていて、かなり多くの人たちが時間によっては行き来するのであった。

そんなことで、友人をと思えばできないこともないのだったが、今ほど口の軽い時代もないように思われ、内田は却って話す必要がなくなっていた。マニュアル通りの口調など、ないのと同然だったのである。

混沌としたセンターの中で、ある者は積極的に行動し、また、ある者は沈黙を守っていた。

内田が故郷への思いを募らせていたのは年齢のせいもあろうが、確かに講師の話からでもあった。小谷野は盛んに草の生い茂る山深い土地を歩くことが人生の究極の目的でもあるかのようなニュアンスを示して話すのであった。本人はデパートで涼み、試食コーナーを食い荒らしているにもかかわらずだが。

その草むらを歩くことの清々しさを笑いを含み、都会を軽蔑しながら滔々《とうとう》と語るのだった。あるいは、その草むらに若い女性の死体を想像するような話を小谷野は愉しんでいるようでもあるのだ。

この作者は変わっていて、自分のトイレと客のトイレを別々にしていたとか、女性からの手紙をおとし紙に故意に使っていたとか、例の笑いを絶やすことなく、講師は語り掛けるのである。

そんな講義でもあったが、何人かの女性も熱心に聴いていたから、人間とは不思議なものに違いない。

「こんなゴミゴミした都会にいたのでは動物以下の人間になるより仕方ありませんね。やはり、本来、人間は自然の中に抱かれて生きねばなりません」と言う。

「デパートの試食はどうですか」と質問でも飛べば、講師はどんな顔をして、なんと答えるのだろうと内田には思われた。この男のことだから、例の笑いを浮かべて平然と答えるのであろう。

「そんな人間は動物以下です。人の前に立つような者ではありません」と。

「しかし、この人は天才ですな。いや、秀才ではない。秀才は努力すればなれるが、天才はそうはいかない。この人の本を見たら読んでごらんなさい。まったく凡人には分からないから。もちろん、折口信夫という名前ですよ」

そう言って、また笑うのだった。

聞きようによっては漫談のようでもあり、また人間離れした天からの声のようでもあった。不思議な魅力を持っていることには違いなかった。

二十人ぐらいの人数も毎回、殆ど減ることもなかったのである。

受講生の中には質問したい者もいただろうが、おそらく多くの問題をかかえて生きている中で、一種の安らぎを求めてきているのだから、もう奇想天外な話を聞くだけで満足しているのに違いなかった。質問することは、却って自分の無知や不遇を公にする結果になると思っているようであった。

既に講師はそんなことは百も承知で、好き放題を語り掛けているのであろうか。

「人間は旅をしなければなりません。都会で、ちっぽけな教室の中で、つまらない話を聞いているぐらいなら、世界とはいわない、日本で結構、どこでもよいから旅をしなさい。これに勝るものはありません」

その割に本人から旅をした話は聞いたことがない。そのあたりにも何らかのおかしみが潜《ひそ》んでいて、妙に好感が持たれるのである。

それにしても、白板に書く文字を一生懸命に写す人も多い。時折、講師は漢字が分からなくなったのか、仮名に換える箇所もあった。

何を話しても魅力があるのは、この講師の人徳というものなのだろうか。そうではない。およそ人徳という言葉から遠い人物である筈なのに、そう思えてくるのだ。

「草を踏みしめ、どこまで進めば倖せがあるか、いや、どこまで行ってもありません。倖せは自分自身の心の中にだけあるものなのですから。しかし、草むらを歩けば歩くだけ清々しい気持ちになるのは確かです。疲れてえらくなるのは心のバランスが壊れたからなのです。人生は旅だといった人がどれほど多いか。人生は聴講だといった人はいません」

そういって笑った。

「この男は弟子を何人も住まわせて、講義させるにも、自分の口述をノートさせ、それをそのまま講義で使わせたのですから、すべて自分が操縦していたことになります。つまり、弟子に余分なことは言わせなかった。いや、もう徹底していたのです。およそ、私の性格とこの男は異なっていますが。なんせ、この男は天才、私は凡才」

そう言って、また笑った。

「この『しだかれて』がいいですね。なまなましくて、なんか鮮血が迸《ほとばし》っているようで」

講師は一人悦にいって笑うのだった。

授業が終わると感心している者もいなかったが、眠っている者もいなかった。愉しい夢でも見ていたといえば語弊があるが、そんな一時が過ぎたのを実感させられたのである。教室を出て階段を降りると、また現実に返って重い足取りになるようであった。そうして、気づけば一人になって歩いているのである。西条の姿は見なかった。

相変わらず喧騒で蒸し暑い町があるばかりであった。

「この男は、いや、男に違いないが若い頃から百人一首はもとより、万葉集四千五百首余りも殆ど暗記しているような人物ですから、どだい我々とは違うのであります。一度読めば忘れない。もう軀《からだ》にしみ込むように記憶できたのでしょう。みなさんが百人一首のオハコを覚えているのと訳が違うのです」

　と得意げに小谷野は言うのだった。あたかも自分がその人物でもあるかのように平然と語るのである。そのあまりの自信振りに、こちらが萎縮してしまって、この講師もすごいと思わない訳にはいかなかった。

「いや、この人が旅を続けていて、山道ででも出会ったら、相手は気味の悪さから逃げてしまうでしょう。まるで殺人鬼にでも出会ったというように。いや、この人物はそんな幽鬼のような霊魂を持っていたのですね。だから『踏みしだかれて』と」

　講師は自信ありげに飛躍した語り方をした。そして、続ける。

「人間は誰も見ている者がいなかったら、落ちている焼芋でも手にして食ってしまうでしょう。もちろん、今のご時世ですから毒が塗ってあることもあるでしょうが。いや、焼芋の話ではありません。人間はもともと悪人なのであります。人に分からなかったら、なんでもし兼ねないものだということです。つまり、人間とはそのように造られたものですから、どうすることもできない。まさに不可解な存在なのです。そうした状態になれば、そんなこともやってしまうのです。その歌がこのような形をとるのです。もちろん、私の解釈なのですよ。

葛の花　踏みしだかれて、色あたらし。
　この山道を行きし人あり

「いや、誠に人間とは不可解きわまりない生き物であります。もちろん、私は人をキズつけるようなことはしない積もりですが」

　この小谷野の本心は何なのだろうと内田は思った。好き放題な話をしながら、なお魅力的な雰囲気を兼ね備えているのである。

　まさに翻弄されたような形で授業は終わるのであった。質問する者など誰もなかった。

　授業のあと、西条に強引に喫茶店へと連れてこられていた。以前、講師を見掛けたアルルであった。

「あの講師はほんまに賢いのやろかな」

　彼は小柄であるわりに坐っていると、それが分からなかった。

「そら、講師ですから、それ相当の学歴や経験があるのでしょう」

　内田は紳士然として答えた。

「確かに面白いし、魅力的なのは分かるが何か私生活がないといえば、おかしいが。ひとりで住んでいるのですかね」

「そんなことは問題外です。どんな生活をしていようと、講師としてよければ、それでよいのです」

この男はあの女性のことを知らないのかと思った。

「まあ、それはそうですが」

内田の回答に辟易している感を示しながら、西条はゆっくりとコーヒーを口に運んだ。

当然、西条は内田の私生活にも関心を持っているに違いなかった。しかし、内田は彼の手に乗らないように注意しながら、なんとか彼から逃げようと一方では考えていた。

「内田さんは、どういうことで、あの受講をされるようになったのですか」

「私も単なる思いつきといえばいえるのですが、あのパンフレットに、例の葛の花の短歌が引用されてあったでしょう。そして、『人生は旅だといった古人の心を索めて』とか、ありましたが、そのキャッチフレーズに引かれたといえるでしょうか」

内田はできる限り、格好をつけて丁寧な言葉を用いながら、西条を遠ざけようと企んでいたのである。それが逆に西条に付け込まれることになるとは思いもよらなかったのであるが。

彼は内田の心を見透かすように、のらりくらりと内田の心の中へも入りこんでくるようであった。

それから五日ほど過ぎた日だった。

内田が家を出て少し歩き、百日紅の花を見てバス通りに出ると、ニコニコした西条に出会ったのである。明らかに待ち伏せられていたのである。

西条は当然、内田の住所も知っているに違いなかった。しかも、内田の外出時もある程度は考えていたのだろう。

「この近くにお住まいですか」

と、ぬけぬけと訊ねてくる。

「ええ、まあ」

言葉を濁したものの、お節介の西条が煩わしくなったのは事実だったが、無下《むげ》に「急いでいるので」とも言いづらく、結局、内田の方から近くの喫茶店に案内する仕儀になった。もともと、殆ど行かない店なのだったが。あまり近いと顔見知りがいたりするので煩わしいのだった。

西条は内田の気持ちを逆撫でしないように気を付けている様子である。

「私があの授業を好むのは当然だが、西条さんは少し違うように見えるのですが」と切り出してみた。

「いいえ、私だって内田さんと同じで、浮世離れした話は好きなんですよ。まあ、家族はうっとしいものです」

内田はコーヒーを口にしながらも、私生活のことについて質問してこない西条を妙に感心したりした。もちろん、内田に興味を持っている分だけ、西条も孤独なのかと思ったりする。しかし、家族のことを話す西条は内田と違って、全うな家庭人なのだ。

「今度墓参りに四国の田舎に帰ろうと思っているのですが、家内はその気がないようで、言いそびれて」と、西条にしては殊勝なことを言う。

「それはいいですね。あなた、お一人でもよろしいじゃないですか。草を踏みしめて旅をすると思えば」

内田は理解のありそうな格好を示しながら答えている。

「内田さんから、そう言ってもらえれば私も心強いです。今回は私ひとりででも」

西条は嬉しそうにしながら、コーヒーを飲み干した。

自分のことを聞かれるかと思ったが、西条はそのことには触れなかった。逆にすべてを西条に知られているような、得体の知れない彼に不気味さも感じたりした。常日頃の疑い深い自分のことだから、彼には迷惑なことかとも考えたりしたのだけれど。

「私は決心がつきました。そうすることにします」と、晴れやかな顔をして、内田に頭を少し下げた。

内田は気分を害することもなく、西条と喫茶店の前で別れた。振り返って後ろ姿を見ながら、やはり彼は全うな人間で、自分の猜疑心が悪く見てしまっていたのだと考えねばならなかった。

電車を乗り継ぐ度に乗客は少なくなっていった。最後の私鉄の電車の中で、内田は切符を渡すのだった。鄙《ひな》びた駅に降り立った。無人駅だ。駅前の風景も見覚えはなかった。それほど奇抜な風景ではなく、田舎にありがちな商店街の始まりなのか、大売り出しと書かれた旗が午後の風に少し靡《なび》いているばかりである。人影はまったくない。

「こんな駅前だったか」と感慨に耽《ふけ》っている間もなかった。ただ、バスが見当たらないので、そのまま暫く待っていた。時刻表を見ると、あまりの待ち時間であった。仕方なしにタクシーででもと、辺りを見回しても、そんなタクシーがある筈もなかった。

前の店のガラスにタクシーと貼り紙がしているので尋ねると、電話をしてくれたのか、少し待てば来るとのことだった。待つこと二十分、黒のタクシーが駅前で止まった。

内田が近づくと、ドアが開いた。

「乗ってもいいですか」

「どこまで」

「ずっと上の、赤井の方ですが」

そう言って、内田は少しの荷物を持ち乗り込んだ。すぐタクシーは静かに動き始めた。

本通りを上がってゆくようであった。どの辺りになるのか分からなかった。適当なところで歩けば行き着けるだろうと思われた。

暫くすると車が止まった。

「ここが赤井ですが」

「もう少し、上がってください」

「道路が細くなり、進めませんよ。右手に団地がありますが」

運転手は車を心配しているようで、少し窓を開けて下を見た。そして、少し車は進んだがスピードはあがらなかった。

「お客さん、どこへ行かれるのです?」

「いや、ここで」

これ以上は車の底が触れるので、と運転手が言い、内田は車を下りた。そこで、迎えに来る時間を運転手は聞くのだったが、その心配はいらないと素っ気なく答えた。

勝手にしろとばかり、怒ったような顔付きで運転手は少しバックしながら、なんとかユーターンして帰っていった。

それから、どこをどう歩んだのか、かつての村がなければならない筈だが、と思うものの、どこにもそんな村はなかった。その変貌振りは筆紙に尽くし難いものであった。

既に樹木は茂り、あの村は消え失せたも同然なのであろうか。杉林を抜けると、不思議な空間が現れたのである。あるいは、ここがあの村のあったところだったのか。誰もいない筈であった。こんな辺鄙《へんぴ》な場所で生活できる訳もなかった。百日紅の木も見当たらない。ただ、蟬時雨《せみしぐれ》だけであった。

その時だった。

「あんた誰さんどす？」

不意に内田は背後で、そんな濁った声を聞いたようだった。

杉林の切れた箇所だった。むしろ、恐怖感を持つほどであった。ゆっくりと振り向くと、そこに百歳をこえたと覚しき老婆が長い杖を突いて立っていたのである。

「おばあさんは誰です？」

「わしはおみつやがな。わしを知らんとは、おまえさんも田舎者ぞな」

「他に誰が、いるのですか」

「誰もおらん。みな、下に移った」

「行かなかったんですか」

「わしはここで生まれ、ここで死ぬ」

「私もここで生まれたのですが」

「名前はなんや」

彼は少し躊躇して応えた。

「内田靖夫です」

「そんなもん知らんで」

老婆の興味を変えさせようと訊いてみた。

「生活はどうしているのですか」

「福祉委員が一週間に一回、来てくれる」

「それだけ?」

それには答えず、老婆は杖で一方を指した。

そこはまさしく杉林にへばりつくような小屋であった。こんなところに住めるのかと思われた。一歩入れば鼻をつく臭気がした。原始時代さながらの生活のようであった。

井戸があり、水道らしきものが引かれているようであるが、電灯もない有様である。それでも仏壇のようなものがあった。こんな状態の中でも仏壇とは。内田は人間という動物の一端を見たように思った。そうして、なぜか、あの小谷野の顔が浮かんできた。

葛の花　踏みしだかれて、色あたらし。
この山道を行きし人あり

その声を思い出すと、老婆には気づかれないように、もう一度、口の中で唱えてみた。人生は旅か。あるいは老婆も長い旅を続けてきたことになるのか。仮に、内田はここで死んだとしても、故郷に骨を埋めることになると思われた。そうして、それほどの後悔もないのではないか、と思った。

老婆は何事か独り言を呟いていたが、その内容が内田に分かる筈はなかった。杖を置くと老婆は這うようにして移動するのである。家の内では杖の必要がないようであった。

「もう、あらかたの人間は死んだと思う。わしより歳のいったものはいないのだから。その息子や娘はどうしているか知らん。村の者はみな、わしを捨てたと思っている」

だいたい、そんなことを老婆は言ったが、単なる空言か、それとも妄想に過ぎないのか、どだい、こんなところにいること自体、ありえないのだ。そういえば、帰ってくるべきではなかったのかと内田は思った。

所詮、人間は物心がついた頃から不幸が始まるのであろうか。もちろん、それ以前には何も知らないのだから、無垢な状態ということになるのだろうが。

叔母の家から通学していた頃を覚えているものの、思い出したくないことばかりであった。当然、叔母の家族も靖夫の存在を憂鬱なお荷物と思っていたことは間違いなかった。「姉さんも困ったもんや」というのが叔母の口癖であった。

家出同然のような状態で飛び出してしまっていたから、帰る気持ちも起こらなかったが。今になると、やはり感謝の気持ちを持つべきなのだろうが、そうならなかったのだから、よほど内田は不幸なのかもしれなかった。

なんでも、父の戦死があり母はどこかに消えたらしい。子供の頃、いやな噂を聞いたものだったが、あるいは本当なのかもしれなかった。ずっと遠ざけてきた結果が、今の自分であることだと納得するまで、なんと時間が掛かったことであろう。

老婆以外、誰もいない廃墟のような所をさまよいながら、内田はふと遠い日に返っていたのかもしれなかった。どこまでが真実であるのか、いえ、むしろ全てが真実でない方が、あっさりしていて、よいのかもしれなかった。

それにしても、このような状態の中で老婆が生きているのに驚くのだった。もう、今にも倒れて息絶えてしまいそうな様子である。

これが現実なのか、それとも夢でも見ているのか。内田は思わず右手で頬を抓《つね》ったが、もちろん痛いに違いなかった。

「これからも、ここに住む積もりですか」

「……」

何を考えているのか、歯のなくなった口をもぐもぐさせるばかりで声にならなかった。戦後も南方の山中で、敗戦も知らずに生き続けた人の話を聞いたことがあるものの、この老婆の生き方は、それに匹敵するのではないか。

ただ、入った時の臭気も気にならないようになることを考えると、慣れれば人間はどんな生活でも、できるのであろうか。しかし、想像を絶する生き方がここにはある、と思わない訳にはいかなかった。

動くことにも難儀している老婆に、もう先の見通しはないようだった。

もとより、内田においても都会に帰ったとしても、たいした日々が待ちうけている訳ではなかった。なんとか、あの講師の話を聴きながら、講師を尾行するぐらいの生活に過ぎなかったのである。

突然、老婆が喘《あえ》ぎながら声を発した。

「……おまんさん、すまんが、わしを……」

老婆は正気ではないように見受けられた。また、話す内容も尋常とは思えなかった。内田もまた尋常ではなかった。


いつか樹々の影が長くなっていた。

内田はその日、福祉委員が訪れることなど知る由もなかった。内田は車の音を聞きつけ、咄嗟に道から逸れて、杉の樹々の背後に隠れ、車の通り過ぎるのを待った。小型のジープのような車で、女が乗っていた。あの老婆の所に行くに違いなかった。

それから何分か経ったのか、殆ど内田は動くことができなかった。なぜなら、今にも引き返してくる車を感じていたのだった。

案の状、ほどなく猛スピードで内田の隠れている樹々の傍を走り抜けていった。

赤光《しゃっこう》の庭

正月の五日は殆ど午前中を掛けて五軒の門徒にお参りすることが恒例になっていた。できる限り、お茶など飲み物は辞退していたのであったが、どうしても、そういう訳にはいかない門徒もあったのである。

五軒目の、お春さんは、読経のあと、お茶でもコーヒーでもなく、生姜湯《しょうがゆ》を出してこられたのであった。

曾孫の、生後半年余りの赤ん坊がどうした訳か、中啓（儀式用の扇）の赤く塗られた箇所が気にいったのか、芳夫の前に置かれた中啓に、小さな手を掛けると自分の口の方へ持ってゆこうとするのである。

老婆は「まりえ、あかん」と言って、その中啓を取りあげれば、泣きはしないものの、やはり、その後も目で中啓を追っている。

「まりえってどんな字を書くんです？」

「それが難しい字で、マリモのマリと恵むなんですの。嫁が北海道のもので」

人差し指で前の机に書く老婆の字は、芳夫によくは分からなかった。

「まあ、それは難しい漢字ですね」

と適当に応えてしまった。

お春さんは椅子に坐ったまま、曾孫を自分の方へ引っぱった。毬恵ちゃんは机の端を握りながら、それでも芳夫の前に置かれた中啓を摑《つか》もうとするのか、徐々に芳夫の方に寄ってきて、小さな手を中啓に伸ばそうとするのだった。

「毬恵、あかん」

お春さんは椅子から落ちそうになりながらも、毬恵ちゃんの軀《からだ》を抱くと、自分の膝に坐らせた。

出された生姜湯のコップを両手で包むように持っていると、あの清源寺の坊守《ぼうもり》が淹《い》れてくれた頃を思い出すことになる。

「一生すぎやすし」とは葬儀の通夜で読む御文《おふみ》の文言である。あの頃、緊張して何も考えずに、ただ字面を追っていたばかりであったが、清源寺の老僧も坊守も亡くなって、十年近くも経てば、現実の問題として重く受け止めざるを得ない。

歳がいけば、その気持ちは強くなるのだろう。どの人もそんな感慨を抱きながら亡くなっていったに違いない。

あの頃の老僧を思い出すと、なんと堂々としていたのであろうか。しかも若い芳夫にも同僚のように接してくれていたのだった。

当然ながら、これから先の生き方は、あの住職のような堂々としたものは望むべくもない。結局のところ、おどおどと生きてゆくに過ぎないのであろう。

あの住職や坊守が、あれほど潑剌《はつらつ》と生きていたのはなぜなのだろうか。余程、以前に苦労した証として、あの明るさがあったのか。

芳夫は父親でなく、あの住職を思い出すことの方が多いことを、むしろ不思議に思うのであった。

帰りがけ、お春さんは毬恵ちゃんを抱きながら、ごえんさんも早う結婚してもらわないと、と言った。芳夫は、はあと言いながら、毬恵ちゃんの小さい手に触れた。


久し振りに清源寺の住職を訪ねようと思った。そして、老僧から元気を貰おうと考えたのである。

日頃、門徒の誰彼にいろいろと神経を使い過ぎていると、憂鬱になることがあり、そうなれば、もう住職に出会うことに限るのである。

本堂での読経は、そうでもなかったが、門徒の家に参ることは、ひどく疲れるのであった。背後に注がれる目を意識しなければならなかった。読経のあと、何を質問されるかと思えば、それだけで苦しくなるのだった。実をいえば自意識の過剰の面が強かったのだけれども。

父親が急死した関係で、比納仏教会の委員を老僧と務めたこともあり、祖父のような年齢の開きがあったが、その魅力は断然、他の僧侶と違っていた。

また、その坊守も面白い人であった。寺院の中では、もとより、在家の中でも、こんなに愉快な夫婦があろうかと思うくらいで、芳夫は寺院を訪れると、日頃の鬱陶しさが晴れるのであった。


芳夫もこの住職のような人生を望もうとするものの、まったく性格も異なっていて、到底、及ぶべくもなかったのだったが。


母にその旨を伝えると、芳夫は自転車にしようかと少し迷ったが、寒くもあり車で出た。夕食のすんだ七時過ぎであった。

清源寺の広場に車を停めると、石段を上がって門を潜《くぐ》り、徐《おもむろ》に玄関の硝子戸を開けた。

「今晩は」と言うなり、まるで芳夫の来訪を予期していたかのように、坊守が奥から出てきた。

「まあ、芳夫さん、お久し振り」

「ごぶさたしております」

「寺役の方はどうですか。お若いのに、たいへんでしょう」

「はい」

「芳夫さんのことやから、門徒さんとも、上手にお付き合いされているでしょうが。うちの人はあきません」

「……」

「ごえんさんは自分から喧嘩して、門徒の人に嫌われるの」

坊守はそんなことを話した。

「もっと、上手に門徒さんと、やればよいのに。一徹な人やから、どうにもならんわ」

芳夫は彼女が笑いを浮かべながら語るのを黙って聞いているばかりであった。

本堂から住職の足音が近づいてきた。

「ごえんさん、芳夫さんやで」

「おお、久し振りやないか。しっかりやっとるか」

「何ゆうてんの。ごえんさんより上手に門徒さんと、お付き合いされてるわ」

「おまえは黙ってよ。まあ、上がって」

台所に通されると、芳夫はなぜか落ち着くのだった。そして、飯台の傍に坐った。

住職の後方に年回表が貼られていた。また、別に法名が墨書きされている数枚の半紙も貼ってあった。ストーブの上に薬缶《やかん》が掛けてある。

ほどなく、生姜湯が坊守から出されると、礼を述べ、芳夫は両手で茶碗を包むようにして、ゆっくりと口に持ってゆく。

「結構、うまいやろ」

住職は芳夫に催促するように言った。

「じわっと、軀が温かくなりますね」

「そやね。こんな寒い晩は生姜湯に限る」

「うまいことゆうて、お酒の方が好きなくせに」

「うるさい。お前は黙ってよ」

「そうですか」

「そや、わしには酒にして」

「またかいな。ゆうねやなかったわ。しょうもない」

坊守はぶつぶつ言いながら、酒の燗《かん》をするために立ちあがった。

暫くして、徳利から住職の差し出すコップに、なみなみと注がれた。

「どうや。あんたも一杯」

「いえ、私は生姜湯の方が」

「酒ぐらい呑めんと、門徒と喧嘩もでけんで」

「芳夫さんは、そんなアホなこと、しやはらへん」

「お前は黙ってよ。この酒は特にうまい。門徒から貰たんやけど。わしは門徒には何も言わさん。こないだも総代をぼろくそに、やっつけたんや。ほうほうのていで逃げよったが」

「それでも、門徒さんと喧嘩すれば、こちらが損をするでしょう?」

「いや。損得の問題やない。わしは住職や。わしに文句を言う奴は容赦せん」

そういうと、老僧はコップの酒をひと口、大事そうに呑んだ。

「ところで、私のお聞きしたいのは『歎異抄』のことですが。悪人正機とか言いますが、すべての人間は悪人だと思うのですが、どんなものでしょうか」

「えらい、また単刀直入やないか。そら、一応、善人と悪人とに分けているが、考えようで確かに、わしもそう思う。わしは悪人やで」

「いえ、まあ、そういうことを住職さんに言わせる積もりはありませんが」

「いや、人間の煩悩というものは、どないしてもなくならん。煩悩がなくなれば、それは涅槃《ねはん》というもんや。わしが酒を呑み、総代をやり込めるのも、煩悩の赴くところや」

それからも、老僧の面白い話は続いたが、芳夫は飽きることがなかった。とりわけ、老僧のいう『歎異抄』の「わがこころのよくて、ころさぬにはあらず」といった文言が心に残った。

既に十時を回っていただろう。その間、芳夫は住職の話に堪能した。住職もかなりの酒で顔を赤くしながらも愉快そうであった。

芳夫は坊守に門の外まで見送られた。戸を出ると多くの家がすぐ錠を掛ける音のするのを芳夫は気にしたが、この坊守にその心配は皆無だった。

彼女は車が動くまで、門の外で立ち尽くしていた。


坊守が話すほど、住職が門徒に嫌われていた訳ではなかった。確かに口の悪さが災いしていて、そんな気持ちになる門徒の施主もいたようだが、むしろ、ポンポン言われることに快さを感じている人もいたようだ。

どこまでも、僧侶らしく、ある意味で恬淡としていたことは、一部の人たちから逆に好かれていたのかもしれない。もとより、住職がそんなことを考えて行動していた訳ではなかったが、そういう潔さは感じられるのだった。

道で出会って話し掛けられると、なかなか住職から逃れることができなかったので、住職の姿を見掛けると、故意に道を逸れる者もいたらしい。

法事で、住職が家を訪れることになると、かなり緊張しなければならなかったようだ。

久し振りで旧交を温めていた姉妹でも、住職の姿を見ると、俄《にわか》に話をやめ笑顔になり、住職を迎えねばならなかった。子供の時分から、こわい住職を知っている者の豹変振りを感じると、傍らにいる者も、それなりに意識しなければならなかったのだ。

例えば、こんな会話があっただろう。

「おまはんは誰やったかいなあ」

住職は大声で尋ねる。

「ごえんさん。うちを忘れてもろたら、あかんやないの。名前を付けてもらった光子ですがな」

「はあ、光子。おお、ぽってりして、よい女になった」

「もう、三人も子供がいるんです」

お経がすんで、一同が住職の法話に耳を傾けることになる。

ひれ伏すような親族の中で、住職の言葉だけが聞こえる。納得しているような振りを見せなければならないのであろう。現実の仏教の力を親族はどのように見ているのか。どれほど住職が熱弁を奮ったとしても、大人たちに浸透してゆくかは疑問だった。

頭をたれて聴聞している親族を前にしていると、もう住職の世界だっただろう。難しい仏教用語が飛び交い、息をつめて時間のくるのを待つ親族たちであったのだ。

住職と仏教会の委員をしていた時のことだった。

厳冬の二月、仏教会の行事で、外での勤行《ごんぎょう》は雪の散らつくこともあった。住職の声明《しょうみょう》は、その雪をものともせず朗々と流れた。阿弥陀経であった。「……赤色《しゃくしき》赤光《しゃっこう》、白色白光《びゃくしきびゃっこう》。……」住職の装束の裾が風に翻《ひるがえ》った。

後方で唱和する芳夫は、その迫力に驚かねばならなかった。この寒い日に、どうして戸外で勤行しなければならないのかと愚痴も出そうになる。なかには、寒さのためか欠席している委員の僧侶もいた。数人の世話方が寒いなかに喪服を着て参列している。

読経が終わると、住職は散らつく雪の中で、この式典の謂れを滔々《とうとう》と語った。だれもが早く帰りたいと思っているに違いないのに、そんなことは、おかまいなしだった。いにしえの人に思いを馳せることの重要性を語るのだった。この人たちのお蔭で、今の我々があるのだと。

父親の死ぬ四ヶ月ほど前のことだった。

芳夫は子供の頃に魚摑みをした川の下流、かなり深く水の淀んだ箇所に釣り糸を下げたのであった。

なんと、すぐにコマ浮子《うき》がピクピク動き、短い竿を上げると、赤い腹を見せて十センチ余りの赤鯥《あかむつ》が掛かってきた。しかも、ほんの僅かな時間に五匹も釣れたのであった。

しかし、先に釣りあげた魚は、どうしたことか缶の中で赤い腹を見せていたのである。鮭といわれる魚が死にやすいことは子供の頃から知ってはいたが、その時は何か奇妙な感じがして、五匹を釣った時点で帰ることにしたのだった。すぐ泉水にいれたが、一匹は間もなく死に、翌朝には残りの四匹も赤い腹を見せて死んでいたのであった。

芳夫は何か不吉なものを感じ、釣りなどしなければよかったのに、と思わない訳にはいかなかったのであった。

実はもっと切実なことがあった。それは父の死ぬ夜のことだったのだが。

大津に住む友人に誘われ、石山で有名な焼肉店に行ったのだった。実際、芳夫は初めて食べるものだった。高校時代の友人は近くの会社に勤めていたから、何度も来ているようであった。

もちろん、それなりに旨かったのだが、その帰り、バスから降りて家に入って、ふとワイシャツの胸の部分に幾つもの染みがあるのに気づいたのであった。むろん、焼肉を食べた時にできたものだった。

そのあと、テレビを見ていた父が倒れたのであった。医者がきた時は既に絶命していたのである。心筋梗塞で五十五歳であった。

そんなことで、大学を出てすぐ父の跡を継ぐことになってしまった。あたかも芳夫の継承を待っていたかのように。

初めて仏教会に出席した時、清源寺さんの印象は強烈だった。

その日は五月五日のこどもの日と決められていた。清源寺で午後から象曳きがあり、のち本堂で余興となり、その後に総会が開かれるのだったが、その段取りを殆ど清源寺さんが行っていたのである。おそらく、何年にも亘って会長を務めている関係でもあろうか、芳夫はいきなり、会長から「あんたは若いので象曳きの梶取り」と言われたのである。

芳夫は言われるままに従ったのだが、のちの総会でも殆ど清源寺さんの一人舞台であったようだ。それほど精力的に動いていたのも事実なのであった。大方のお寺さんは、そう積極的でもない感じだった。

そんなことで自然と清源寺さんに惹きつけられていった。芳夫とは同じ真宗でも、いわゆるお西であり、芳夫はお東であったのだが。

最初、こわい人と思っていたが、話してみると案外、温厚な人であることに気づいてゆくのだった。

そんなことで、清源寺の住職の話を聴くことが多くなっていった。また、その坊守もよくできた人で、いかにもお寺の奥さんといった上品さが感じられるのだった。

芳夫は一応、大学で仏教のことは学んでいたのであるが、門徒の家を訪れるのは、まったく勝手が違うのだった。

一般には、その家の祖母に当たる人が応待することが多かった。丁寧な言葉遣いの割に、どこかに皮肉めいたこともあった。とりわけ、「前のごえんさんは、よくできた人でした」と、思わせ振りに言うのは、そのように聞こえるのであった。

出されたものは、すべて飲んだし食べるのだったが、それも考えものであった。何軒かを続いて参る時など困ることもあったのだが。出されたものをこちらの家で食べ、別の家では食べない、という訳にはいかなかった。

時たま、昼間に清源寺を芳夫が訪れると、住職は門徒へのお参りで留守のことがあった。そんな時は玄関に置かれた椅子に腰かけて坊守と話すのだった。

坊守は住職のことを語ることがあった。北陸の海沿いの村で、大正の初めに生まれたらしい。

なんでも、子供の頃、両親が亡くなり、長男を残して男子三人がそれぞれ寺院に養子に入ったのだったという。住職は末っ子だった。その養子に入った先の寺に子供が生まれ、のちに清源寺にきたということであった。

住職には、どこか普通の僧侶と異なる、腹の据わったものが感じられたが、あるいは子供の頃の、そんな日々のせいだったのかと芳夫は思った。

その割には、芳夫の知る住職の、門徒に対する横柄な態度は、どこか分かりにくい部分があったのだが。

芳夫が客僧で、清源寺の門徒の葬儀に出ていても、後方で話し声がすると、「やかましい」と一喝することを忘れない住職を何度か見ていた。おそらく、法事に参られても、そんな場面はあったのだろう。

そんな住職だったが、芳夫の知る限りでは坊守の言うほど、門徒の受けも悪くないように感じられたが。どうしてか芳夫には優しかった。

もちろん、あの寺は坊守さんで持っているんやと、悪口をいう者もいたらしいが。

確かに、坊守は誰に対しても腰が低く、親身であり、よくできた女性であった。いかにも坊守という感じで、在家では、このような女性はいないように芳夫は思った。

いつだったか、坊守の語ったことを芳夫は思い出していた。

それは彼女が嫁いできた頃のことだった。なんでも、その寝言の尋常でない点だった。

何がそんなに苦しいのか、もとより坊守に分かる筈はなかった。

朝になって、彼女がそのことに触れると、「何か奇妙な夢を見たようだ」と住職は軽く応えるだけであったらしい。

そのうち、坊守も慣れてゆくうちに、住職の寝言も消えてゆくようであった。そんなことで、もう長い間、坊守は忘れてしまっていたのであるらしい。

芳夫が住職から受ける印象では、悲観的なものもあった。

住職に生老病死の四苦を聞かされた時から、そのようなものを抱いていた。老病死は分かりますが、生はと問えば、それらの根本になるからと。それらは釈迦が門の外で見た人たちの悲惨さが、そのような言葉となったのだとも。

「仏教はもともと、そうした悲観的なものなんだ」と住職は言われたようだ。住職にはその諦観が逆に強い生命力になっていったのだろうか。

殆ど有無を言わせぬような説得力は、そうでなければ理解することができないものであった。常に安定した感じを芳夫に与える、あの雰囲気はそう思えた。ただ、いつも一緒にいる坊守には、反《かえ》ってそれが見えなかったのだろうか。

確かに、住職に出会うと、ほっとするのであった。そこには本来、寺院のもつ平安と安穏としたものが感じられるのだった。静かな雰囲気の中にも、生かされている余裕のようなものが、老僧から立ちのぼってくるのだった。

歯切れのよい住職の啖呵《たんか》も面白かったし、坊守の応えも、ふさわしいものであった。

本来、信仰については個人的なものであり、他人に無理強いするようなものでもあるまいと語る住職に、まさか、そんな言葉をきかされるとは思わない芳夫であった。

そういえば、もっと自由な選択があってよいのではないか、と芳夫も思ったりする。

静かで落ち着いた生活の中に、住職が満足しているように思われた。

本堂と庫裡《くり》の往復は、住職にとって日常のことであり、中庭や境内の草の伸び具合を目にしても、たいして気にすることもないのだったが、その点に関しては少し坊守との齟齬《そご》があったようだが、概して仲のよい二人に感じられるのだった。

また、住職は酒好きではあったが、それ以外、殆ど道楽というものがなかった。読書もそれほど好きでもなかったようだ。

そして、欲しいものも、これといってなかった。ただ、自然に暮らせていれば、それで充分だった。

寺院の経営に関しても、殆ど坊守にまかせ切りであったようだ。

そんな住職であったから、あまり世間的な浮わついた話をしても通じないのであった。

テレビのドラマなど見ることもなかった。その割に坊守は熱心に見ていたらしい。

他人がみたら、何が楽しみで生きているのか、といった雰囲気でもあっただろう。時折、口でぶつぶつとお経を唱えているような住職と出会うこともあったが、お経だったかは、よく分からない。

その点からいえば、まったく現代離れした感じがした。そんな住職を変人と思う門徒もいたが、さすが住職だ、悟り切っていると、もちあげる者もいた。

もちろん、住職はそんな世間の風説など問題にすることは、まったくなかった。


先祖供養のための法事、そのことがいくらかの信仰に結びついているのだろうが、本来の信仰といえるものでもない。単に昔の人を偲ぶことであり、今の自分の存在を喜ぶことに過ぎないだろう。

よほどのことがない限り、信仰を得ることは難しいことに違いない。

一口に信仰といっても、確かに、その内容的なことは難しいものだと思われる。これはもう人生そのものだろうから、若いうちに信仰というものは当てはまらないかもしれない。あるいは何か大きな出来事に遭遇して、その結果、信仰に入ることがあるかもしれない。

それゆえ、他人に勧誘するものではないに違いない。第一、自分が半信半疑でいる気持ちで、他人に勧めることは、まさに詐欺のようなものである。

その宗教が難しい教理に基づくものであるならば、そう単純に入ることもできないだろう。もちろん、知識人はそこに何か深遠な哲学のようなものを究めたがるものだが。

信仰について、住職と直接に話し合ったことはなかったが、所詮、芳夫とではあまりの相違で、軽率なことは聞けないのであった。

ある時、信じることと疑うことは、反対語であるのに、信じる裏に疑う気持ちがあることを例に出すと、住職は笑うばかりで、それ以上に話は進展しなかったのである。

やはり、信仰について、住職に妙な質問をするのは反って失礼になると思わない訳にはいかなかった。芳夫と住職では、土台、キャリアが違い過ぎるのであった。

芳夫は信仰らしいものもなく一生を送る人が多いのではないかと、僧侶らしくないことを思ってみたりもするのだ。

そして、芳夫も別の意味で、うっかり住職に聞けないこともあった。住職の性格の中で、豪放磊落《らいらく》な面もあったが、どうかすると狷介《けんかい》孤高《ここう》な面も感じられたからである。後者には、住職の過去を語らない点と係わりがあるようであった。

それでも、どのように言っても芳夫に住職が激高することはなかった。

もちろん、住職も行く末のことについては、仏教と深く係わっていたのだろうが、子孫のいない住職がどのように考えていたのか分からなかった。そのことについて言及することもなかった。

そうかといって、住職が刹那主義であった訳ではない。そこには芳夫には分からない住職の深遠な哲理のようなものが存在し、若い芳夫に想像すらできないものだっただろう。あの悠揚迫らぬ恬淡とした雰囲気は、どこからくるのだろうと芳夫は思った。

住職はあまり過去のことは語らないが、やはり、幼い頃のこと以外にも不幸なことがあったのだろうか。あるいは、そのことが、あの住職の生き方に反映しているのであろうか。

昔いた地域の仏教会では、托鉢があったと住職がいう。有力者の家では、うどんをいただいたこともあったと。雪の降る中を歩くのも若いからできたようなものだと。僅かに住職が過去を語る例だった。

いつだったか、住職がいった釈迦の最後の旅の話があったが、あれは何の意味なのか。

そういえば、坊守の話によると、住職は戦時中、中国大陸に征《い》ったということだったが。

坊守がいつか芳夫に語った奇怪な話があった。

それは蒸し暑い夏の夜であったそうだ。蚊帳《かや》を吊っていた頃のことで、時刻は十一時も過ぎていたという。

闇の中で不思議にも一匹の蛍が蚊帳の中か外かは分からないが光っていた。住職もその光を見たのだったが、どうやら蚊帳の外らしかった。電灯を一度点けてみたが分からなかった。そうして、再び真っ暗になった時、その蛍の光はなかったと。その時、門の戸を叩くような音がしたという。坊守は奇味悪がって、「ごえんさん、見てきて」と。

住職は仕方なく蚊帳を出て玄関を開け、門に出た。そこには、今の総代の父親がいた。

「父が息を引きとりましたので枕経《まくらぎょう》をお願いしとうございます」と。

そんなことは一度限りだったという。


総代の祖父がどのようにして亡くなったか坊守は語らなかったが。繊維関係の会社を経営していて、遣《や》り手だったらしい。

もちろん、今の総代に、そのことは話していないと。その時、今の総代は幾つぐらいだったのだろう。坊守の話では、その亡くなった祖父と、総代はよく似ているということだった。

ただ、住職は芳夫にそんな話はまったく、することもなかった。住職から軟弱な話をきくことはなかった。


そんな住職がどうしたのだろう。

ある日、ごえんさんは本堂で、お経を勤めているとばかり思っていた坊守が、あまりにも長過ぎるので見にゆくと、確かに唱えてはいるのだったが、妙な文句なのであった。今まで聞いたこともないようなもので、よく見ると、何も読経していなくて、ただ無闇に口をついて出る言葉なのであった。それゆえ、内容も支離滅裂であった。

また、黙って寺を抜け出し、どこともしれず歩いていたことも一再ならず、あったのである。

門徒の家に参っても、住職の奇妙な会話に最初は冗談をいっているのかと思われたが、どうもそうではないらしい。別の門徒の家の話を盛んにするのであった。あるいはお経もおかしかったかもしれなかった。それについては不明だったが。

そんなことが度々と重なると、放っておく訳にもゆかなかった。坊守も門徒から、そんなことを聞かされ、どうすることもできなくなり、総代の積極的な意見で、施設に預かってもらうことになったのである。

最初、住職はどうして、そこにゆくのか分からなかった。同じような年齢の者が多いところだという認識はあるようだったが。

住職が老人ホームに入所したのは、平成になっていた頃であったから、八十何歳かにはなっていたのであろう。

総代がいろいろと面倒をみたことを、ともすると悪くいう門徒もいたらしいが、芳夫の思いはそうでもなかった。もし、あのまま、住職をしていれば、坊守の苦労は大変なものになっていただろう。

それは坊守自身も感じていたことであっただろう。

総代と坊守がホームを訪れると、

「おまえ、どこへ行っていたのか」と住職が問うのであったらしい。それに比べ、総代には何も話さなかった。

別れの際はいつも、係りの人がどこか他の部屋に住職を導き、その間に帰ってゆくのであったようだ。

ホームでの住職は、仲間とも打ちとけていたようだ。なんでも、みなに法話するような雰囲気を持ち合わせていたのであった。あたかもホームが本堂ででもあると認識しているような。

職員の語ったことによると、住職は一人になると、何か難しい仏教用語をぶつぶつ呟いているという。

そして、遂にこんなことがあったと。

慰問で法話にきた僧侶に食ってかかる場面があったのだ。

「何を悟ったような話をしとる。そんな親鸞である筈がないやないか。ボケたことをぬかすな。はよう帰れ」と。

その剣幕に法話者は呆気に取られ、二の句が継げなかった。僧侶は法話を途中で打ち切り、帰ってしまったということだった。

彼は住職を知っていたので、余計に参ってしまったらしい。

それから、所長のよく知る、大津の臨床心理士とかの先生が住職を診にきたということだったが、まったく結果が出ないという。

彼の言によると、「箸にも棒にも掛からない」老人と決めつけたらしい。その先生は、差し出された弁当をうまそうにたいらげて帰っていったということであった。

そんなことで、それからはホームでも住職に困り出していたらしい。

そんな折、芳夫がホームの慰問に赴く順番がきたのだった。

老僧は一番前に坐っていたが、果たしてどう思っていたのか。

話しているなかで、時折、住職に向き合うのだったが、どうも反応がないように思われた。

本来の住職なら、「芳夫さん、えらい出世したやないか」と皮肉のひとつも、笑いながら言ってくれるのにと思った。

芳夫から見れば、あれほど活発に動き回っていた住職が施設で惨めな日々を送っていることが信じられないのであった。

どの老人も、それなりに首を振り納得した様子に見えるものの、法話が通じているか、どうかは分からなかった。

話し終わって部屋を後にする時、老僧は芳夫の姿を目で追っているようだったが、老僧ひとりに声を掛けることもできず、芳夫は寂しい思いで控え室に戻った。

係りの女性がお茶を淹れてくれながら、「頷かれているけれど、分かっていないのですよ」と笑いながら話し掛けた。


数日して、清源寺の坊守と話した。

「ごえんさんは芳夫さんが分かっていたのですか」と訊ねられた。

「私であることは分かっていたようでしたが、話し掛けられることはありませんでした」

「いえ、ねえ、最近、私がいっても、私と分からないような感じなんですよ。その割に足腰は丈夫そうなのに」

芳夫は坊守の言葉を聞きながら、安易なことも言えないと思った。

老僧が故意に、そんな振りを見せているのでは、と一瞬は思ったが、職員になら可能性はあるが、坊守には、そんなことはあるまいと心の中で思わざるを得なかった。

極端に住職の食事が減ったことは事実であったようだ。決められたカロリーがあるのだろうが、それだけを摂取する老人は殆どいなかったようだ。

職員も老人をできる限り、穏やかな日々を送らせることが必要なのであったが、老人特有の猜疑心のためか、うまく指導することはできなかった。

住職はいわゆる認知症だったのだろうか。時折、そのような症状が出てきていたのか。臨床心理士の話からすれば、そのあたりのことも、よく分からないことになる。ただ、所長のよく知る人であったから、軽い気持ちで頼み、結果をそれほど深刻にも受け取っていなかったのだろう。


住職が昼間、施設を抜け出して、どこともしれず、スリッパで歩いていたことがあったらしい。いち早く職員が気づいて、なんとか捜し出したが、本人は寺院に帰ろうとしたようだ。それが反対の方向を歩いていたということだ。

その頃から言動にも不明なことが多くなってきたようであった。職員に叱られるたびに住職は大人しくなっていった。

人間は環境に左右されるものだが、住職の場合、あまりに極端な感じがする。別に総代が仕組んだ訳でもないのだろうが。

住職にとって施設でのストレスは、かなり大きなものであったことが考えられる。ただ、入居者とのトラブルは殆どなかったから、住職なりに考えての言動だったのだろう。

総代も時折、ホームに行っていたらしいが、別に住職に出会うということではなく、所長と話すことであったらしい。もとより、住職も総代と出会っても話すこともできなかっただろう。もともと、二人は水と油のような関係でもあったようだから。

それは盆踊りの夜であったという。

職員もそれだけ気が緩んでいたのかもしれなかった。裏の戸口には鍵が掛けられていなかったのか、気づく者がなかったことになる。

雑木林を抜けると道路に出る。まさか、住職が下調べをしていた訳でもないだろうが、その道路を歩き始めたということだろう。

もちろん、夜の道を車も何台か通過しただろうが、単なる散歩者と思って気にも止めなかったのか。または、妙な事件に巻き込まれるのを警戒して、見て見ぬ振りをしたのかもしれない。

住職が失踪してから三日目に発見されたのであったが、やはり死亡していたのであった。どうしたのか紺の作務衣を着て、ズック靴を履いていたのだ。

入所してから、およそ二年であった。

いづみ川の橋の下であったから、なかなか見つからなかった。僅かな水が流れていた川であった。警察の検視の結果、死因は水死ということであった。

住職が三途の川で溺れ死んだという総代の噂話があったようだが、誰かのデマかもしれなかった。

もちろん、所長が警察署に呼び出されたことは言うまでもない。また、二名の若い警官が施設にきたが、日常の住職の様子が聞かれたようだ。この施設で住職以外に失踪する者もいなかったから、それほど施設の管理面での問題になることはなかったようだ。所長から呼ばれた総代もいろいろ住職のマイナス面を語ったようだった。

それにしても、住職はどこへ行こうとしたのだろうか。のちに、坊守は暗に故郷へ帰ろうとしたのではと話したが、そんなことはないと芳夫は思った。

何か宗教的なおもいが老僧にあったのではないか。仏陀のことを思っていたか。

施設においても、住職と対話できる者がいなかったから、どうしょうもなかった。職員はただ単に理由もなく失踪したに過ぎないと考えていたようである。

住職の葬儀は清源寺の本堂で執行された。

すべて総代が指示して粛々と行われた。もちろん、施設から所長が参列していた。芳夫も数名の僧侶と共に読経した。坊守も気丈な姿を見せていた。

ただひとり、総代だけが溌剌としていた。弔辞においても、住職の業績を縷々《るる》と述べて、清源寺への貢献度を強調したのである。

「誓証院釋研愚師が若い頃、どのような体験をされたかは詳《つまび》らかではありませんが、大正の初めに生まれ、日中戦争では辛酸を嘗《な》められ、本日を迎えられたという訳であります。なんでも、私の祖父がお願いして北陸からお越しいただいたと聞いております」

総代にしては、それでも住職に対して尊敬の念が強い言葉であった。それからも、幾つかの弔辞が述べられたが、通り一遍のものであり、そう芳夫を注目させるものはなかった。

確かに、ここには一人の人間の八十七年の一生があったと思われてくるのだった。そうして、果たして自分は住職のような一途なものが持てるか、その自信は芳夫になかった。

ただ、父親の死よりも何か重いものを感じずにはいられなかった。

「一生すぎやすし」という御文の文言が、その時、立ちのぼってきたのであった。

芳夫の考える老僧の晩年は分からないことばかりであった。

あの時、芳夫が法話を終え、控え室にかえるべく会場の部屋を出ようとした刹那、老僧と目が合ったようだったが、何もお互いに言葉を交わすことはなかった。思えば、あれが住職と出会った最後になるとは。

以前、住職が話したように、人間は悲劇的なものなのだ。それを方便として、逆に明るい生き方を指し示すのだと。その本来の悲劇的なものとして、芳夫たちに示したのであろうか。

または、最後の旅を住職自身がやろうとしていたのだろうか。

芳夫は考えれば考えるほど、住職の失踪の意味は分からなくなるのだった。

過去を語ることをしなかった住職。あの仏教会での熱意。芳夫が受けた恩愛。住職の真実とは何であったのか。それは誰にも分からないことであった。もちろん、遺書のようなものは何もなかったという。結局、住職の終末は何も語ることもなく、あのような奇異な死を迎えたことになる。

忌明《きめい》も終わった、ある日、総代は自分が懇意にしている僧侶を代務者として手続きをしたようで、住職なきあとも困る様子もないようであった。実をいえば、その僧侶は住職の入所後、坊守の参れない時、しばしば代わって参っていたのであった。

むしろ、世間から住職のことが忘れ去られてゆくようであった。

葬儀の日には気丈さを見せていた坊守も、日を追うに従って弱々しくなってゆくようであった。総代はたびたび清源寺を訪れ、坊守に心配することはないからと、悟すように話したということだった。

また、坊守も急速に総代を頼るようになっていった。

門徒の中には、総代を独善的であるとして、嫌う者もいたようだが、全体的には遣り手の総代として信任を得ていたのだった。

住職が亡くなった当初、芳夫が門徒の年忌に参って、法話の中で住職のことに触れても、一向に関心を示す者はいなかったし、話も聴かせるものにもならなかった。

むろん、法名の人のことも芳夫は殆ど知らなかった。第一、読経の間も騒がしかったし、もともと、芳夫の法話を聴こうとする人もいなかったのだ。ただ、型通りの法事であった。清源寺の住職とは、まったく異なる法事であった。

そのうちにも、芳夫は法話の中で住職を持ち出すことは、どこか住職を冒瀆《ぼうとく》しているように思われてもくるのだった。

芳夫が話しても、お参りの人たちは住職の奇怪な死のことのみに興味を持っているのだった。芳夫は人前で住職のことを話す資格はないのだと思い直した。

清源寺の住職が亡くなって半年近くが過ぎた。芳夫が門徒の家に参っても、相変わらずの雰囲気だった。まったく形ばかりの法事であった。

法話のあとの食事は、その家ではなく料理屋のことが多くなっていた。そこでは年回の法名の人の話は、まったく出ることもなかった。酒を呑めば、もう実質的には単なる宴会であった。施主から勧められると呑まない訳にはいかなかった。

「ごえんさんも若いのに、たいへんですなあ」と、笑いながら年輩の施主は言うのだった。芳夫はその言葉の裏をよくも分からず、年輩の人たちの前で法話しているのだと改めて思った。

あの住職なら、どんな会話を交わしたのだろうと思う気持ちが過《よぎ》った。まさか、こんな席で叱ることもなかっただろうが。

芳夫は早く時間が経てばよいのにと思うばかりで、酒に酔うという楽しみを味わうこともなかった。

これが芳夫の現実だった。

そんな日々のうちにも、清源寺の坊守を訪れることが少なくなっていった。訪れなければと思うものの、どうも足が向かないのであった。やはり、芳夫も自分は悪い人間と考えねばならなかった。

日頃の寺役《じやく》にかまけて芳夫自身、住職を忘れ勝ちになってゆくのだろうと思った。そのようにして、人は忘れ去られてゆくのであろうか。あの住職にして、そうなのだろうから。思えば、芳夫は父に対しても殆ど日頃、何も思い出すこともなかったから、そうしたことが普通なのだと考えながらも、どこかで不甲斐ない自分を見ない訳にもゆかなかった。

僧侶の装束を着けると、そんな気持ちが犇々《ひしひし》と感じられるのだった。

清源寺の坊守が同じ老人ホームに入ったのは、住職が死んでから、ほぼ二年目のことだった。

そうして、僅か一年足らずで亡くなっていた。

祭典の向こう

応接間に瀬川が出てきたのは、休みだして五日目ぐらい、初めての家庭訪問の時である。夜だったが、彼は殆ど話しはしなかった。それでも首を縦に振ったり横に振ったりした。父親が話し掛けても、まったく瀬川は無視しているようであった。父親も私のいる手前か仕方なく黙り込んでしまった。

役場に勤めているという母親は勝気さを前面に表し、担任の私さえ辟易するようなことを述べた。当然ながら瀬川のいやがりそうなことを明け透けに言うのだ。

例えば、こんな調子だった。

「Z高に通っている隣の洋介ちゃんはK大を目指していやはるし、もともと、うちの子も、あの高校にやる積もりだったのですが」と。

そうして、暗に学校を、また担任の私自身を非難しているように聞こえるのであった。

そのうち、瀬川は頭が痛いとか言って、自分の部屋に引っ込んでしまった。応接間には両親と私が残った。もちろん、母親が中心になって喋り捲《まく》るのだった。私は職場で自由奔放に振る舞っているであろう母親に嫌悪すら感じた。一方、父親からは会社で黙々と肉体労働をしている姿が想像されるのだった。

瀬川の母親の話は概ね次のようなことだった。なんでも、修学旅行の委員を決める際に、彼が中学時代から嫌っている北村が、面白半分に、その委員に瀬川を推薦した。すると、クラスの過半数がそのまま賛成し、呆気なく決まってしまったのだ。無口な彼を委員にさせてやれ、と。女生徒にも、そんな気持ちがあった。いずれにしろ、瀬川はまったくの被害者であり、これはクラスの生徒たちが悪い、いや、その責任は担任にある、と言いたげであった。

「学校ではクラスの委員を決めるのに、先生は付いておられないのですか。すべて、生徒たちが適当に決めているのですか。その時、先生はどうされていたのですか。謙治がこのようなことになったのも、そんな学校のやり方が悪いのではないのでしょうか。もう、これ以上、学校を信用することはできません」

彼女はかなりヒステリックに語るのだった。私は彼女の話す口元を見つめながら、内心では苛々していた。時折、彼女の銀歯が不気味に光るのが私の気持ちを一層、高ぶらせた。ある意味で、母親の意見も尤もだとも思われた。正直、私はそんなことで瀬川が欠席しているとは考えられなかったのだが、それ以外に理由はないようであった。

私はもちろん、北村に詳しく聞こうともしなかったし、ホームルームの時間に簡単に決まったことに問題はないと思っていた。むしろ、生徒の自主性に任せるメリットぐらいに軽く考えていた。

瀬川の家をあとにしてからも、母親の言動が路上の私を陰気にさせた。私は夜の道を歩いていた。暗闇に慣れてくると、なんとなく落ち着いてきた。

そのうち、バス停にきた。遙か遠くにも家々の灯りが滲むように望まれた。

次の週だった。そして、臨時のホームルームの時間、私は瀬川の家を訪れた報告を簡単にしたあと、クラスの生徒たちに彼の欠席について話し合わせた。

ホームルーム委員が瀬川の家に出掛けては、という意見。みんなで手紙を書くというもの。なかには毎日、クラスの数名が交代で行っては、と言う者まで出る始末だった。しかし、ある生徒は言った。「別に、ぼくたちがそんなことまでする必要はない」と。

担任の私自身、どうすればよいか迷っていた。いずれにしろ、このままでは、いよいよ欠席が続くだろうと思われた。

また、一方、学校ではインターハイの選手や補助員などと、かなりの生徒が多忙を極めているようであった。そんなことで、瀬川のことよりインターハイが中心になっていたとしても不思議はなかった。

結論の出ないまま、臨時のホームルームは終わった。私は焦燥に駆られるばかりだった。

その後、何度か家庭訪問をするうちに、母親は私を敵に回すことは無意味だと考え直したのか、私の前では、あまり敵意を示すことはなくなった。もちろん、北村が旅行委員になったことも話した。

そうして、不思議なことに、自分が瀬川の幼い頃から独りっきりで遊んでいるのを放っておいたことに原因があるのだろうと、目を真っ赤にしながら訴え出し、自嘲的な態度をとるほどに変わってきた。

その豹変振りは、むしろ私を驚かせた。

そして、「今度、O市の神経科で診て貰うようにと思っています」とも付け加えた。「しかし、瀬川君が診て貰う気にならないでしょう」と言うと、母親は考え込んでしまうのだった。母親と私は応接間で黙ったまま、暫く坐り続けていなければならないことがあった。いずれにしろ、本人と出会えないことには話にならなかった。これまで僅かに二度、出会ったばかりであった。

また、ある時は母親が盛んに瀬川の祖母の悪口を言った。しかし、私は黙っていた。いや、それを私が無視していた、という方が適っていよう。ひとしきり喋ると彼女は得心したのか、落ち着いてゆくようだった。

また、瀬川の家に行くと、ときたま、その弟に出会うことがあったが、家では大人しいのか、口数も少ないらしい。ただ、野球が好きだとかで真っ黒になっていた。五年生だという。

一度、こんなことがあった。

瀬川の家の前まで行きながら、また引き返してきたのだった。

玄関の硝子《ガラス》戸に手を掛けようとした時、母親が祖母を叱責している声を聞いたのであった。それはかなり厳しい口調であった。おそらく、祖母が過去のことを言い出し、それに嫁である母親が毒づいているようであったか。

私は瀬川の部屋の様子を思い描いた。多分、いつも二人の女たちの喧嘩を締め切った部屋の中で聞いているのだろう。そうして、ますます陰鬱さが強まってゆく自分に、もう、どうしようもない悲しみを投げ掛けている瀬川なのだろう。

私は瀬川の家から離れながら、そんなことを思った。今の母親に出会う気持ちが失せてしまっていた。そうかといって、すぐ帰る気にもなれず（もちろん、バスもなかったが）、暫くは、ただ訳もなく歩き続けていた。六月の珍しく爽やかな日であった。そうして、漠然とながら瀬川の前途について悲観的なことを考え始めていた。

既に一ヶ月にもなろうとするのに、私にも瀬川を登校させるようになるまでの自信はまったくなかった。もう、今では瀬川に出会うことすら出来ないのだった。部屋の内から鍵を下している彼は、同時に心にも堅く鍵を下していた。

一体、瀬川は独り、部屋に籠り切り何を考えているのだろうか。彼さえ勇気を出して部屋を出てくれさえすれば、普通の高校生と同じことなのだが、と思ってみたりした。もとより、私がそんなことを考えてみても、まったく無意味だったが。

瀬川の気持ちの中には、学校に行きたいという願望は充分にある筈だ。それでいながら実行できない。分かるような気がする。なぜなら、私自身もそれに似た経験があった。自分では、こうした方がよいと思いながら、なかなか出来ず、虚しく日ばかり過ぎてしまったことであった。

それにしても、人間の心とはなんと不思議なものであろうか。


そのうちにも、いつかクラスの生徒たちは瀬川のことを気に掛けないようになってゆくようだった。実際、インターハイに向けての強化練習、実力テスト、クラブ活動などで殊の外、各々は多忙な毎日を送っていたのだった。

瀬川の席を空けたまま、別に不自然さもなく日は経っていった。

臨時のホームルームから半月も経っていただろうか。委員の武田が「今日のホームルームで瀬川のことを話し合う」と言ってきた時、私が即座に許可したことは、やはり軽率だった。

生徒たちが瀬川のことを真剣に考えている訳ではなかったのだ。

私が教室に入ると、武田が前に出て、静まり返っていた。なかには英単語を覚えている生徒がいたりして、注意しなければならなかった。

ある女子が言った。

「私たちの班で、メッセージを書いて出しましたが、全然、返信はありません」

すかさず、北村が坐ったまま応えた。

「瀬川なら、そんな適当によいことを書いたメッセージなど読む筈はない」と。

教室にざわめきが起こった。確かに、それは当たっていると私は思った。

今度は男子が立ち上がって落ち着き払って述べる。

「ぼくは瀬川君の家に行きましたが、会ってもくれませんでした。お母さんが、もう帰ってくれるように言われるのでした」

この意見は一同の者に説得力があった。その生徒はクラスの信望が厚かった。

そして、やはり、ホームルームで瀬川の長欠について話し合わせるべきではなかったことを私は気付き始めていた。もし、この様子を彼が知っていたら、担任の軽率さを責めるであろう。そうかといって、会議を辞めさせる方途もなかった。もとより、私自身どうすればよいか分からなかったのだ。

誰とも会おうとしない瀬川なのだ。何度目の時だったか、母親に「食事はどうしているのですか」と尋ねてみた。「私がドアの前に用意しておく」と。「食べ終わると、またドアの外に置いてあるのです」と彼女は寂しそうに言うのだった。ただ、時折、夜に外に出て行くこともあるという。

やはり、瀬川はいわゆるノイローゼといった症状なのであろうか。母親からの話では、初めとは異なり、病院に連れてゆく気持ちはないとのことだった。親が彼を連れてゆくことは、そのまま病気と認めてしまうことになり兼ねないのも事実だった。今の瀬川をどうして病院に行かせることができよう。

そうかといって部屋で寝ている訳でもないようである。四月当初の懇談で、瀬川の部屋の机上で次のような本を見掛けたと話す母親に、私は驚かねばならなかった。もともと、正確な書名を彼女が私に告げたのではなかった。彼女の片言隻語《へんげんせきご》から想像した書名なのではあったが。

それは『村山槐多《かいた》』であったり、『ゴッホの手紙』であったりした。

そんなことを思いながら教室に立ち尽くしていると、もう、私語ばかりが目立ってきた。生徒のなかには、何か薄笑いすら浮かべているように感じられるのだった。

突然、私は呶鳴った。

「おまえたちは一体、瀬川の登校拒否をどう思っているのか」

一瞬、教室は静まり返った。明らかに生徒たちは私を無視していると思われた。虚しく私の怒声だけが教室の隅に滞っているようであった。

もう、何も言うことはなかった。また、半面、彼らが関心を持てないでいるのは、ある意味で仕方のないことでもある、と思う気持ちもあったのだが。

私は生徒を坐らせたまま教室を出ると、そのまま職員室には向かわず、反対の廊下を訳もなく歩いていった。チャイムが鳴ると、私は迂回して職員室に戻った。


放課後の校庭からは狂おしいばかりの楽器の音が続けざまに鳴り渡っていた。六月下旬の蒸し暑さは、その音色を一層長く引き伸ばすようであった。

私は職員室で椅子に凭《もた》れながら、クラブ——卓球部だったが——へ行く気の一向に湧かない自分を、そうかといって勉強する気にもなれない自分をもてあましていた。

私の机の表面に薄く埃が付着している。午後の陽が机の隅々まで照らし出していた。もちろん、拭く気にもなれなかったし、パッと息を吹きかけて飛び散らせることもしなかった。テキスト、ノート、出席簿、チョーク箱が乱雑に積まれていて、黒のボールペンがその上に辛うじて乗っている。

その時、偶然、瀬川の父親が訪ねてきた。

私は俄に緊張しなければならなかった。瀬川の父親は、日頃、会社で労働に携わっている様子が逞しい手から窺われた。

そんな逞しさの中でも、自分の息子にはどうすることも出来ぬ悲しみが顔の表情に込められていた。

相談室に移動して話を聞くことになった。

「先生、謙治は何を考えているのですやろ」

うなだれて低く話すのだった。

そうして、また、母親の態度を語り、気にしているようであったが、大人しい自分の態度を父親として反省しているようでもあった。

「ところで、先生、謙治の一学期の成績はどうなりますやろ」

「もう、すぐ期末考査ですね。それを受けないとすると、成績の付けようがありませんね」

「というと、赤字ではないのですやろか」

「いや、まあ、付けたら赤字も出てくるでしょう」

「はあ」

「欠席の理由がないですから、試験を受けなかったら零点と同じですわね」

「はあ」

私も結局、悲観的なことばかりを話す結果になってしまい、父親は肩を落として逃げるように帰っていった。

期末考査の三日目だった。父親が休みであるのを確認していたので、一時過ぎに瀬川の家に着いた。

「こんにちは」

勢いよく私は硝子戸を開けた。静かだった。数秒が過ぎた。

「こんにちは」

もう一度、声をあげた。

「だれさんどすや」

瀬川の祖母と覚しき人が出てきた。

「あのう、瀬川君の担任ですが」

「ああ、謙治の先生どすか。お父ちゃんもおりませんので。謙治は部屋におると思いますんで、ちょっと待ってとくれやす」

祖母は消えた。また数十秒が過ぎた。

「先生、声がせんようですが。あがって、みとくれやす」

私は躊躇しながらも、あがって祖母に付いてゆく。

「謙治、先生や」

「おい、瀬川、ぼくだ」

依然として返事はない。

「寝てますのやろか」

「……」

私はその時、ドアの左側に風景画の掛かっているのを見た。崖のようなものが全面を蔽《おお》い、下方は川であるらしい。黒々とした冷たい感じの絵である。私は絵から目を逸らすと、そこに祖母の顔があった。

「まあ、よろしいわ。また今度」

私は廊下を引き返した。

「悪うござりましたな、先生」

「いや」

私たちは玄関に出てきていた。

私は靴を履きながら尋ねた。

「あの絵は瀬川君が描いたのですか」

「いいや」

「誰が」

祖母は暫く、妙に私を見ているようだったが、ゆっくりと口を開いた。

「先生、先生も見てくれやはたどすか。謙治の部屋の廊下に掛けてある絵。あの絵のことやけんど——謙一が死んだ時、かごけにいれてやる積もりどしたが、ひとつぐらいということで残しておきましたんや。あの絵はわしの息子の謙一が描きましてん。絵が好きで、毎日のように描きに行っておりました。学校も体が悪うて途中で辞めまして。いつも咳ばかしししておりました。そんな恰好で出ると、よけ体を悪うするとゆうても聞こうとはしませんどした。しまいに根敗けして、好きなようにさせておきましたんや。可哀《かわい》そうに二十八で死にましたわい。今、生きていたら……」

祖母はかなり動揺しているようであった。

そうして、次のように言い添えた。

「先生、今、ゆうたこと、うちの嫁には話さんようにな。うちの嫁ゆうたら、息子のことゆうと、決まって怒りますのや。あの絵も裏の倉にいれておいたのを謙治が見つけて持ってきましたんや。嫁はそんな汚いもの捨てよ、とゆうんやけんど、謙治はあの絵が好きそうや。謙治も絵が好きで、わしは謙治を謙一の生まれ変わりと思おてますのやわ。もう一つ、自画像が謙治の部屋にありますのや」

私はその時、ふと、あの絵の風景はどこか見覚えがあるように思えて仕方なかった。でも、思い出そうとすると、なかなか思い出せなかった。

その日、帰宅すると、待ち構えていたように母が話し掛けてきた。

「道子が真理ちゃんを連れて帰って来るって」

「いつ」

「夏休みに入ったら」

「うーん」

「真理ちゃんもだいぶ大きいなったやろ」

「半年振りか」

「三月やったかいな、この前」

母は如何にも嬉しそうで、月日を数えているようであった。

妹は二年前に嫁ぎ、現在はO市のアパートにいた。田舎で育った妹が都会で生活してゆくのは大変だったらしい。電話や手紙では、いつもそんな不平を言っているようだった。でも、近頃は大分に慣れてきたらしかった。

母は夕食の準備をしていた。心なしか愉しそうであった。私は新聞をぼんやりと見ていた。プロ野球の記事にも、インターハイのそれにも興味は乗っていかなかった。いつもは本の広告にも逐一、目を通す私だったが、今夜は一向に元気が湧いてこなかった。もちろん、妹のニュースは嬉しい事に違いなかったが。やはり、少々疲れたらしい、と思った。

「おまい、体でも悪いんか」

私の様子を目敏《めざと》く察して、母が聞く。

「いいや」

「疲れているんやろ。感応丸を飲んで早う寝た方がよい」と。

私は夕食の後、風呂に入り、すぐ部屋に引き込もった。そうして、放心したように暫く扇風機の強い風に当っていた。しかし、眠気はなかなか催してこないようであった。

瀬川の祖母が私に語り聞かせてくれた話はその夜、私の心の中で、どこまでも脹《ふく》れ広がってゆくようであった。

「瀬川の伯父さんに当たる人の風景画か」

私は独り言をいいながら、あの絵を思い出していた。あの崖、そして川。私は知っている川を思い浮かべている。写真で見た川。旅行で見た川。テレビや映画の場面。……

「あっ、そうだ」

私は一瞬、叫びそうになった。それは案外、身近な所にあった。確かに、あれはあの川だ。

「ああ、そういえば、あの時、正夫君と行ったとき、よく見掛けた人」私は軀中が硬直してくるのが分かった。でも、今ではダムになっていて、もう、その場所はないが。

それは、ある冬の日だった。近所の同級生である正夫君と私はよく運動がてら「探検」と称して河原へ行った。

南の村を過ぎ、何も植わっていない田圃を見て雑木林に入る。林道は落ち葉で埋まり、私たちが歩くたびにカサカサと乾いた音をたてた。林道を抜けると、僅かに残る枯れ芒《すすき》の野原の小径《こみち》となり、まもなく河原に出た。

川に水は殆どなかった。磧《かわら》は冬の陽を受けて鈍く光っていた。私は薄い底のゴム靴を履いていたので、時折、尖った石の上に乗ると足の裏が痛かった。

少し下った所で、坐って絵を描いている人を見掛けた。眼前に岸壁が聳え、そこで川は大きく右に湾曲していた。その崖下は夏には水嵩も増え、私たちの恰好の水泳場となった。でも冬は単なる小さな水溜まりと化す。

男の人は思い出したように低い咳をした。咳は冬の空気を震わせて、コンコンと軽い清んだ音をたてた。

その人が黒い足袋を履いていたことを覚えている。そして、当時、流行っていた万年草履を履いていた。

私たちはその人の背後から、カンバスを見たりした。男の人は何も喋ることはなかった。

ひたすら、眼前の風景を直視し、そして絵筆を動かすのだった。

あの時のことをK市にいる正夫君に一度、尋ねてみたらと思ったものの、なかなか、その時は来ないように思われた。


雨であった。放課になると、俄《にわか》に学校も騒音の渦となってしまう。インターハイを控えて、出場するクラブの猛練習が続く。トランペットが鳴り、赤や黄のジャージの生徒たちが廊下を走る。夏休みを目前にした午後。

教員は成績付けに勤《いそ》しむ。梅雨明け宣言があった筈なのに、蒸し暑く懶《ものう》い時間。

私は椅子に坐ったまま、両手で机の端を持ち、足を浮かせて輪の付いた椅子で前後に動かす。軋《きし》みながらも椅子は私を乗せて、机を離れたり近づいたりする。私はそんなことを何度も繰り返しては、次の仕事の段取りを思うが、実は時間を弄《もてあそ》んでいるに過ぎない。

私はやっと肩を叩かれたのに気付いた。

「えらい暇やなあ」

世界史の吉村である。

「もう軀がだるうてだるうて」

「瀬川のことなんだが、成績だせないがなあ。レポートも出てないし、期末は受けてないし」

「仕方ない。学校に出てこんのやで」

「やっぱり、ノイローゼか。よくできる子やのに」

「そやね。真面目な生徒やのに」

「えらい、絵がうまいらしいが」

その時、私に手を挙げたかと思うと、吉村は生徒に呼ばれて職員室を出た。

瀬川はそれほど陰気な性格でもなさそうだったのに。それは私の思い違いなのであろうか。昨年、一年の授業に出ていた私は現代国語で、ある美術評論家の文章をやっている時に、瀬川の、その好奇心に溢れた表情を忘れない。彼が美術に関心を抱いていたのも事実であった。

四月当初、懇談会の終わった頃だったか、瀬川のことを河出教諭に尋ねた時、教諭はその才能について熱っぽく語るのだった。彼は絵に対するセンスがあるということ、絵画への極端なまでの執着心を持ち合わせているということであった。

例えば、こんなことがあったという。

風景画の時間、生徒たちは校内か、またはその付近を場所に選び、散らばっているのだが、終了十分前に美術教室に集合して点呼となる。が、ただ一人、瀬川だけは、その点呼すら忘れて（彼自身は知っているのだろうが）絵に向かっているということなのであった。

何度か教諭も注意したが、一向に点呼を受けに来ない。仕方なく欠席にも出来ず、瀬川のわがままを認めざるを得ないとのことであった。しかし、逆にそんな点から他の生徒に嫌われるようになっていたことも否めない。

そのうちにも、一学期の成績が担任に届いた。瀬川の成績表も思ったほど悪くはない。それは中間考査がよかったからに違いない。それでも二教科は赤字である。

クラスの生徒に成績表を渡し終えると、私は午後、成績表と宿題のプリントを持って瀬川の家に赴いた。

瀬川の家は留守らしく、玄関の硝子戸が開かなかった。仕方なく、ポストに入れると、ほっとした。短い屋根の影を出た。照りつける太陽の下で、一瞬、眩暈《めまい》がして暗くなったように感じたが、また元の夏の午後の明るさに戻った。

人通りはまったくなかった。田舎の村は青々と繁茂した草木に蔽われていて、さながら眠っているようであった。バス停まで来ると、私は予定の時刻まで大分、間があるので、どうしたものかと思案した。

顔から汗が吹き出してくる。私のハンカチはもう全体が湿って、ポケットにいれられないほどだ。

ブロックで粗末に作った停留所には、けばけばしいスーパーの広告が貼ってある。ところどころ、以前の広告の跡が壁に貼りついたままになっていたり、子供がクレヨンで、例によって足の短い子を描いてる箇所もあったりした。

私の待っている道を小学生が帰ってきた。どの子も決まって不思議そうに私を見つめた。その中で、一人の少年が私を凝視しているのに気付いた。もちろん、私はその少年が誰だか分からなかった。奇妙に思い、

「あんた、ぼく知ってるの」

と尋ねてみた。少年は小さく顎《あご》をしゃくった。

「あっ、あんた、瀬川君?」

少年は頷いた。

彼は他の友達に気遣ってか黙っているばかりだ。

「家の人によろしく言っておいて」

私から少年たちは離れていった。

その時、村の方から着物姿で中年の女性が如何にも暑そうな様子でやってきた。

「バスはまだ来ませんか」

「はい」

その女性は扇子を取り出し、パタパタと太い手で顔をあおった。左手に何か大事そうに風呂敷包みを持っている。

私は何の気なしに訊いてみた。

「ここからH川は近いのでしょうか」

一瞬、女性は扇子の動きを止め、私を見た。

「ああ、H川。昔は細い道があったのですが、今はずっと、あのT村にゆく道を行かねばならないでしょう。私も今はよく知りませんが」

彼女は一層強く扇子をあおった。

そうして、やっとバスがゆらりゆらりと青草の中をやってきた。


夏休みになって、嫁いでいる妹が真理ちゃんを負ぶって帰ってきた。真理ちゃんは母や私の恰好の遊び相手でもあった。

「泣いたらあかん」

私が喋ると、ますます大声を張り上げて泣き続ける。もう、私はお手あげだ。

「おーい、なんとかしてくれ」

私の助けを求める声も掻き消されてしまい勝ちだ。背後から両手で真理ちゃんの胴を支えている私だが、どうしていいか分からない。

「どうしたの」

エプロンで手を拭きながら、妹がやって来る。まだ泣いている。ひときわ高くなる。

「さあ、さあ、真理ちゃん」

そういって、妹が抱きかかえると、嘘のように泣き止んでしまう。

「この子、よう泣く子やなあ」

「赤ちゃんは泣くのが仕事よね、真理子」

呆気にとられている私におかまいなく、もうニーニーと白い歯を見せて笑っている。

私はまったく不思議だと思う。

「うーん、うーん」

と言うかと思うと、よしよしとあやしながら妹は外へ出る。

残念に思いながらも、私は部屋にさがって本を読む。時折、風鈴が鳴る。何か白いものが動く気配を感じて庭を見ると、野良猫がゆっくりと歩いている。

まだ、真理ちゃんの泣き声は聞こえない。

暫くして台所へ行くと、真理ちゃんは座布団の上で、仰向いたまま両手足を開き、むしゃげた蛙のようになりながら眠っていた。私は忍び足で真理ちゃんから遠ざかる。時計を見ると二時半だ。

それから、私もうとうとしていたが、真理ちゃんの声に起こされた格好で、台所に行く。

「おじさん、どれ?」

妹が聞くと、真理ちゃんは私の方を見、小さな手を差しのべ、その先のまた小さな指が私をさす。その指にも小さな爪がついている。

そして、また手を引っ込め、「キャッ、キャッ」と叫びながら、妹の胸に顔を埋めてしまう。

「今年、インターハイがあるんやろ」

「ゴーヨン総体」

「行かなくても、いいの」

「いいや、八月から」

母も真理ちゃんにつかまっていて、殆ど和裁の仕事も手に付かない。生後、半年余りの真理ちゃんは、まだうまく立てないが、盛んに立とうと試みる。

母が妹に言う。

「おまえが、あのスリガラスの上を背伸びして見ようとしていたのが、つい、この間やのになあ。お父ちゃんがいたら喜ぶのに」

私はそんな妹の姿をぼんやり思い描いたり、また、妹の結婚式を思い浮かべたりする。

夏の陽はまだ高い。カーテンを動かして風が微かに入ってくる。油蟬が鳴いている。そういえば、あの蟬たちも少年の日々に私たちが取り歩いた蟬の末裔なのかもしれない。そんなことを思ったりした。

真理ちゃんは妹の傍《そば》を離れたり近づいたりしている。

また、別の日。夕方だった。

部屋で本を読んでいると、台所で泣き声がする。その間隙を縫って妹の甲高い声。扇風機を点けたまま、私は部屋を出る。台所に行くと、真理ちゃんがまだ泣いている。私を見て、「ああ――、あ」と切って、そのまま止まった。かと思うと、また、もと通り泣き続ける。

「泣いたらあかん」

と、私が言えば、暫くキョトンとして私を見つめる真理ちゃん。私が笑い顔を作ると、また泣き出す始末。寝そべっている熊や輪のついた犬、小さな鳴る椅子などが散乱している。

「面白い顔をしたら、よけ泣き出した」と言えば、「素顔だけで十分やないの」と、流しから妹。

私も泣いている真理ちゃんには勝てず、また部屋に引き返す。

いつの間にか、真理ちゃんの泣き声も聞こえなくなった。

一週間ほどして、真理ちゃんは妹の背に繫がれて帰っていった。

八月に入ると、瀬川とは関係なく、インターハイの時が来た。

真夏の太陽が中天から照りつけていた。芝生が燃えるようだった。

女生徒の一団が黄色い声をあげている。ああ、こんなに輝かしい青春があるものか、と思った。そうして、ふと、瀬川のことが私の脳裏を掠《かす》めた。ああ、あんなにも懶い青春があるものか、と今度は思った。そして、ある意味では、私の高校時代も瀬川に近かったのかもしれない、と思ったりした。

歓声のかなたに碧《あお》い空があった。碧い空の広がりは私をなぜか不安にした。それはあまりに美し過ぎたためであったろうか。この瞬間にも、その美しさが消えていってしまう。私はそんなことを感じた。

インターハイに賭ける者たち。また、部屋に閉じ籠ったまま、出ようとしない者。私はまさに青春の光と影を見る思いだった。

今、若者の熱気で、本当に芝生が燃え出すかのようである。場内アナウンスの声は無理に標準語で話そうとするためか、時折、妙なアクセントになり、人知れず、こちらが微笑を漏らすほどのこともあった。

集団演技が始まった。女生徒の白とブルーのコスチュームは琵琶湖の波と水をかたどっているのであろうか。彼女たちが背を向けると、鮮やかに白からブルーに変わる一瞬。私はどうしたのか、涙ぐんでくる自分をどうしようもなかった。それは私自身の青春への悔恨だったのか、それとも、健気な彼女たちへの賞賛なのか。いずれにしろ、私は圧倒された。観衆から拍手が起こると、それは波のように広がって、彼女たちの作る湖に溶けてゆくようであった。

それにしても、彼女たちには、じめじめした女の感情は微塵もなかった。誠に清《す》んだ水面で揺れ動く若鮎のように清純で優しい。陰気さや不健康さは無縁だった。私は不思議なほど、自然に溶け込んだ女生徒たちの美しさを感じていた。

煙火は上がり、もう最高潮に達していた。

美化係の私はなんとなく場違いな感じを、ふと受けたりした。すべての観衆が、ひとつのもとに固まってしまったように緊張感が漲《みなぎ》っていた。私一人が取り残されているような錯覚に陥る。そう思うと、ますます動けなくなる自分を意識した。

今、大歓声と拍手の中を彼女たちは一斉に消えた。ほんの一瞬の間であった。まさに忽然と消えた――そんな形容がぴったりだった。あたかも彼女たちが妖精ででもあるかのように。

私は人びとの立ち去ってゆく観覧席をあちこち動きながら、ゴミの溢れた籠を見つけると、生徒たちに運ばせた。

場外に出た。もう、人びとは大分減っていた。隣のサブトラックでは、既に陸上の選手が明日からの競技に備えて、入念な練習を繰り返しているようであった。

その時、私の前を斜めに進んで来る五、六人の選手の話し声に、「分かっちょる」といった言葉の断片を耳にして、懐かしさが込みあげてくるのだった。ユニホームを見ると、間違いなく私の学生時代を送った町の名がローマ字で示してあった。

翌日から競技は始まった。

赤褐色も鮮やかなタータンのトラックに白い線が浮きあがる。フィールドの芝生の緑と見事なコントラスト。そして、競技場の周囲は真紅の花を付けたサルビアが燃えている。高いスタンドから観ている私は、そのすべてが視野にある。

その中で、選手たちは走ったり、跳んだり、投げたりする。まさに若者の祭典に相応しかった。私が初めて目にする生のインターハイであった。

とりわけ、私の興味を惹いたのはトラック種目であった。美化係の職務を忘れ熱中する。走っている選手の鼓動が伝わってくる。ああ、ガンバレと、両の拳を握りしめている有様である。

それにしても、これらエリートはなんと倖せなことであろう。彼らの普段の精進も顧みず、そう思ってみる。

雷雨で一時、中断した後の千五百メートル。

「気温が下がっておりますので、好記録が期待されます。盛んな声援をお願いします」のアナウンス。

あっという間の時間だった。先頭の集団がなだれ込むようにゴールイン。トラックに倒れる選手。腰をかがめ苦しそうな選手。頭を両手で押さえる選手……

アナウンスの声が新記録樹立を告げる。どよめきと拍手の嵐。一陣の風が競技場を抜ける。私はうっとりとして天を仰ぐ。

私の前に立ち動く人びとに気づき、自分の仕事を思い出す始末。また、溢れたゴミを両手で押さえつけ、係の生徒が籠を運ぶ。

もう、トラックに誰もいない。今までの熱戦が嘘のように、静かにタータンは広がっている。

雷雨のせいで、空を白い雲が蔽っている。

私ひとりを下ろし、二、三人の乗客だけのバスが尻を振るようにして村の中を通り過ぎてゆく。

俄に暑さが私に集中してくる。草いきれ。入道雲がむくむくと脹れあがり、青い空を一気に侵してゆくようであった。緑色を濃くして稲が生長し、草木も繁茂の一途を辿っている。

私は短い影を踏みながら歩いていた。今しがた食べたカレーの強い香りのゲップが上がってきた。

夏休みになって久し振りの訪問だ。インターハイも終わり、次は修学旅行だ。今日こそは瀬川に会うことが出来るだろうか。

私は瀬川の家に近づくにつれ、気が重くなるのを感じ出していた。

ふと、引き返して、また今度にしようかとも思った。そう思いながらも、私は瀬川の家に向かっている。車があればバスも使わずに便利であるのに、と思ってみる。免許は持っているのだったが、それでいて車に乗らない私の性格はどうしたものか。時折、家庭訪問では同僚に送って貰うこともあったが。

締め切った硝子戸を僅かに開けて、声を掛ける。暫くの後、ゆっくりしたスリッパの音がし、母親が暖簾を分けて顔を出した。

「どうも、お母さん」

「あっ、先生」

「どうですか、瀬川君は」

「ええ」

「部屋に？」

「出て来ないんです」

彼女は片手で顔の汗を拭くような仕種をした。

「どうしても会いたいのですが」

「ええ、なんとか……」

そう言うと、また、ゆっくりとしたスリッパの音を残して彼女は奥に入った。初めて出会った夜と比べ、何と弱々しいことかと思った。

玄関で待っている私は気持ちを落ち着けようと、傍らの紫の花に目を止めた。葉の疎《まば》らな枝ばかりのような植物である。まさか朝顔でもないし、ああ、これがいつか「カラーブックス」で見た鉄線とかいうものかもしれないと思ってみる。そんなことを考えていると、やっと母親が出てきた。

「どうしても部屋から出ませんので……」

彼女は弱々しく言った。

「どうしましょう……。ぼくが無理にでも部屋に入りましょうか」

私はもう来るところまで来たと思った。このままの状態では、いよいよ瀬川を悪くするだけだ。

「ええ、そうしてください」

彼女も痺れを切らせたように言い放った。

そして、すぐ奥に入ってしまった。私は靴を脱いで上がり掛けたが、入ってゆくのが躊躇《ためら》われた。

「これで……」

いきなり、母親は大きな釘抜きを持って出てきて、私に手渡そうとした。

「はっ？」

私は一瞬、息を飲んだ。

「無理にでも、ドアを抉《こ》じ開けて入ってください」

私は母親から、その釘抜きを預ると、あとを付いて瀬川の部屋に近づいていった。

「おい、瀬川。ぼくだ、担任の富田だ」

「……」

「開けなかったら無理にでも入るぞ」

「……」

私は振り向き、母親の顔を見た。彼女は悲しそうな顔付きで頷いてみせた。

私は手にした釘抜きをドアの隅に当て、力一杯に抉じた。バリバリと音を立て、ドアの一部が壊れた。もう一度、同じようにして力を入れると、今度は掛かっていた鍵が外れたのか、壊れたのか、カチカチと金属音を立てて、ドアが開いた。絵の具やパレット、画用紙などが散乱していて足の踏み場もない状態だ。

私は瀬川の部屋に入ろうとした、その刹那だった。窓の傍に立ち尽くしていた彼は、いきなり網戸を開けたかと思う間もなく、窓から跳び下りた。

「謙治――」

私の背後で叫ぶ声。

私はすぐに部屋に入り、瀬川の消えた窓に駆け寄った時、彼は体勢を立て直して走ろうとしているのだった。

私も咄嗟に窓の敷居に上がると、勢いよく跳び下りた。私の軀は畑の中で倒れた。どうにか起き上がると私の視野に、前方を駆けてゆく瀬川の後ろ姿があった。

「おーい、待て――瀬川――」

私は瀬川の後を追った。その間隔は凡そ十メートル。走ることには少々自信のある私はすぐ追いつけると思った。私はスピードをあげて瀬川の背中を見続けた。その差は大分詰まったようだった。そのうち、瀬川の荒い呼吸が私に聞こえてきた。私も苦しくなってきた。

カボチャやナスの野菜畑に押しいり、トマトの垣に当たりそうになったりした。農道を横切って、稲の育っている田圃の畦道を走る。

強い夏の陽が稲にも畦道の青草にも、私たちにも差している。もとより、瀬川も私も裸足であった。二人の距離は六メートルぐらい。彼もなかなか我慢強い。ヒーヒーと呼吸が聞こえるものの、走り続ける。その差はなかなか詰まらない。

瀬川のシャツが濡れ出し、肌色の背中が浮き出てきた。私のシャツの首筋や背中からも汗が吹き出して流れるのが分かった。

見ている者は誰もいない。瀬川、ガンバレ、私は念じた。二人だけのインターハイだ、私は思った。

虚空

法事の席で殺生の話もないが魚寅亭での食事になった時、酔いにまかせて親族の中で最長老と覚しき人が、なんと住職である健の子供時代のことに触れたのである。

それは田圃にあった水門《みと》と呼ばれる箇所での魚攌《つか》みのことだった。

「ごえんさんも子供の頃、泥だらけになって魚攌みをしていたでしょう?」

老人は笑いながら言うのだった。

もちろん、健にとっても懐かしい思い出だったが、あの頃、この人が見ていたことなど知る由もなかった。

それは子供たち何人かが共同作業でやる〈かいぼう〉というものであった。

つまり、田圃の隅にある水門の水をバケツ——といっても子供用の小さいものだった——で掻《か》い出し、殆ど水のない状態にして魚を攌むというやり方だった。

水はバケツから、すぐ前の夏の田に投げ込むのである。少しは逆流する水もあるが、殆どは広い田の中に流れてゆく。

三人いれば交代でバケツで掻い出す。それでも子供の力では、なかなか減らないのであったし、大変な重労働だった。

そのうち、鮒などは濁った中に浮き上がってくるのだ。

もう、そうなれば手攌みすることも出来るのである。

底の側面に〈ごろんた〉と呼んでいた深くえぐられた箇所には、ナマズもいたし、また時折ウナギもいた。水門の全体では、やはり中心は鮒であったが、概して小鮒が多かった。子供たちがギンチョと呼んでいた小魚は、あまり人気がなく、バケツの水と共に田圃に投げ捨てられもした。

水浸しの田圃も、もとより、それで稲が枯れることもなかったし、却って夏の田に水がいき渡り、よかったのかもしれない。時には怒られることもあったが、それは後の祭りだった。

穂はまだ出ていなかった。どこまでも水稲の緑が広がっていた。

どうやら、そんな様子を昔、長老のその人は見つけていたらしい。と言いながら、自分の子供の時も、そんなことをしていたのではなかったか。

あらかた取り終えると、子供ながら、少し残しておくと、また殖《ふ》えることを知っていた。

また今度とばかり水門をあとに、バケツ一杯の魚を持ち帰るのであった。

帰りは近道になる山越えの径《みち》を通ることにした。もちろん、年長である孝治の意見だった。

また、バケツの魚は殆ど生きてはいたが、その重さはかなりのもので、これも交代で持つのだった。

ナマズはバケツの底で三匹が大きな口を開けていたりした。そのヒゲの長いのにも驚きだった。小さい魚ほど上に浮いているのが自然なのであろう。

山を越えるころ、遠くに家々の屋根が見えてくる。なかでも健の家の本堂の屋根は他を圧して大きいのだった。

交代で持つと言いながら、孝治が一番長く持っていたようであった。健はすぐに交代してもらい、結局は一番短かったのかもしれない。

そのうちに白い腹を見せる小魚もいて、どうやら家まで持ちこたえることが出来ないようであった。死ねば当然ながら鶏のエサになった。

そうして、孝治の家の前で等分にすると、めいめい鶏のエサにしたり、泉水に入れたり、またナマズは食べる者もいた。なんでも、焼けば白身の淡泊な味であったという。健には食べた記憶はない。

もちろん、大きな水門ほど魚は沢山いたが、水を掻い出すのが大変だった。

到底、これは一人で出来る魚摑みではなかった。

ヘル（蛭のこと）に脚の血を吸われたり、ナマズに手の指を咬《か》まれたりすることもあった。

「あの頃、腕に入れ墨をした男がいたことはご存じですか」

長老が訊く。健はハッと思った。

「なんとなく、あの人かと思い当たるのですが」

と応えながら、最近、本念寺の住職からの電話が、その男のことであったのに奇遇を感じたのである。

「その男は私と同年でして、可哀そうに早く亡くなりましたが……」

老人は盃を持つ手を少し震わせて、暫く何事かを思い出すように虚空を見つめていた。

ある時、大きな水門を前にして、三人は思案顔であった。これだけの水を減らすのは並大抵ではないことが分かっていたのだ。

午後の暑い日であった。その水門は木の小さい橋が架けられているような点からも、その大きさを示していた。

孝治が畦《あぜ》にしゃがんで、まずバケツを水に入れて半分ぐらいで、すぐ田に投げ出した。少し水を減らさないと深くて水門に入れないのだった。

靖夫も健も、これは大変なことだと思った。孝治が何回か水を掻い出し、そのあと靖夫に代わった。靖夫も腰をかがめ、五、六回と水を掻い出したが、ダウンしてしまい、健に代わった。

「これは重いし、腰が痛い」と言いながら、すぐにバケツを畦の上に置いてしまった。

また、孝治がやり始めた。それでも彼も長くは続かず、バケツが水に浮いている有様だった。それなりに、いくらか水位が下がったようであった。

その時、子供の中に大人が闖入《ちんにゅう》してきたのだ。その人は以前から子供たちも知ってはいたが、何か恐い人であった。なんと、腕に入れ墨をしているという噂であったのだ。

その水門は確かに二つの田をつないでいる、短く深い川のようであったのだ。

「わしがしたる。じゃこはどけ」

いきなり、スボンを捲《まく》ると、意外に脚は白かったが、水門の水をバケツで掻い出すのである。そのバケツに入れる水量の多いこと、また、その速いこと、子供の何倍も速いのだった。

あっという間に大きな水門の水は、減り出し、そのうち、子供でも中へ入って手摑み出来る程になった。

男の脚の周りで魚が浮き出していた。

「ここからは、お前らの仕事や」

そう言うと、男は水門から上がった。

あまりの速さに呆気に取られている子供らに言った。

「早よう摑まんかい」

男は〈光〉というタバコ（健の父も吸っていた）を吸うと、また何か言い、すたすたと立ち去っていった。

年長の孝治が言う。

「あの人、すごいなあ。なんか恐そうな人やけんど。たまに見る人や」

靖夫も健も頷いた。


なんでも、いつだったか、直接、本人から聞いたように、母が言うには、「医者になんとか消してくれと言ったら、医者が、ようけ患者を診ているが、入れ墨を消すのは知らないので」と断ったそうである。

母は如何にも感きわまったような様子で話すのが面白かった。

ただ、酒が好きで、よく酒屋で立ち呑みをしているようで、コップの下の皿にこぼれた酒の雫《しずく》が、また、もったいなくも旨いというのであったようだが。

もう一つ、酒に纏《まつ》わる面白い話があった。おそらく、母が又聞きしたのであろう。

男が蝮《まむし》の焼酎漬けを造ろうとして、布袋に蝮を入れて戸棚に置いていたところ、袋から出て戸棚の中でトグロを巻いていたという。男が戸棚を開けると、ぬっと鎌首をもたげて男を見たらしい。さすがの男も、これには魂消《たまげ》たというのだ。

男はなかなか話の上手い特技を持ち合わせていた。

そうして、長い期間を掛けて出来あがった蝮の焼酎漬けは、短い体長の蝮が縦に一升ビンの中で浮いていたと。男がビンを揺らすと、その体長が見事なほどに崩れてゆくのである。まさに蝮の焼酎漬けの完成である。

男は手振りも鮮やかに語ったのであろう。また、その味の乙なこと、これに勝るものはないように、男は口をうごめかして言う。聞いている者は目を瞑《つむ》ったり、唇を舐めたりしたことであろう。

そして、その効き目は絶大だったということだ。風邪ぐらいなら、即座に治るという。それを聞いた、ある男が真似て、同じようにしたらしいが、飲めたものではなかったということだった。

もとより、余程の酒好きでないと、その味は分からないのかも知れなかったが。普通、蝮を捕獲することも容易ではないし、そんな焼酎を飲もうとする気も起こらないだろう。

子供や女性では考えもしないことであろうが、この男ときたら、別に難しいことでもなかったのだろう。たびたび、そんな焼酎を造っているような話し振りであったようだ。ただ、少しはおおげさに表現している面もない訳ではないと思われたが。

もちろん、へんな質問をする人間はいなかったのである。そうして、ただ、感心して聞いているばかりであったようだ。

当時、大概の大人はその男の素性は知っていただろうが、あまり語ろうとはしないのであった。もとより、入れ墨から分かるように、普通の大人ではない過去を持っているようであった。

それから、いろいろと長老は住職に、その男のことを語ったのである。

その男もやはり昭和初めの生まれであった。ということは、敗戦の二十年には二十歳前後になるのである。

いつぞや、「わしは航空隊に入って、敵に激突して死ぬ積もりだった」とか言っていたという。

そういえば、その時代の青年は価値観ががらっと変わった時だったから、戦後をどう生きるのか案外、分からなかったのであろうか。

ある者は生きのびた生だから、何か大きなことをしでかそうと考えたとしても不思議はなかった。また、若くて死んだ友のため、精一杯に尽くさなければならないと考えた者もいただろう。長老自身は特別に何かを考えることは、なかったらしい。

長老の話では、その男は不幸なことに両親がいないということだった。その辺の事情は老人も詳しくは知らなかったのか、あるいは言葉を濁したのであろうか。

敗戦の年、家族を殺め、自裁した軍人が近くにいたことを健は仄聞《そくぶん》していた。なんでも九州からきた家族であったという。

残念ながら、肝心の〈釋勇念二十七回忌〉に当たる、その人についての話は殆ど出ないようなことであった。

お経のあとの法話で簡単に健が触れた程度であり、そんなことは、たいして関心もなく、のちの食事の方に心が向いているようであったのだ。

健も長老から懐かしい話を逆に聞くことにはなったが、勇さんの話はなかった。

施主の先の挨拶では、「故人のことを偲んでもらえれば、ありがたいのですが」と言ったものの、誰も語ろうとはしないのであった。

恥ずかしくも、健自身、あまり勇さんを思い出すこともなかったのである。

確かに故人の話といっても、変なことは言えなかっただろう。それよりも長老である井村さんが語った入れ墨の男のことが中心になってしまっていたのである。親族の中にも知っている人がいて、適当に相槌《あいづち》を打ったり、面白い話を披露したりした。

この町の祭りの時、その男が神輿《みこし》の連中に袋叩きに合ったということであったらしい。例によって酒に酔い、神輿の進行を邪魔したということであった。もちろん、かなり怪我をしたらしいが、殆ど叩かれ損のようなことであったようだ。

本人にしてみれば、酒の勢いで調子が出て少しばかり格好を付けようとしたのだろうが、神輿の先導をする男たちは、この時とばかりと思い、バンバラ竹で殴り掛かったのであろう。祭りということで、神輿の進行を妨げるのはご法度とばかり、問答無用の行為だった。誰もそんなことを故意にする大人はいないのだが、この男はそれをして叩かれたことになる。もとより、警察も口出しはできないし、まったくの叩かれ損であった。

後日、男の知り合いが、その男に祭りの様子を訊ねると、「ちょっと暴れただけだ」と、うそぶいていたという。

もちろん、そんなキズで医者へ行くような男ではない。顔や腕のキズは一週間もすれば治ったようだが。

その様子を目撃したという年輩の女性は、

「可哀そうに秋ちゃんがボコボコに殴られているのよ」と言いながらも、どこか面白そうに説明しているのであったようだ。それを聞いている人たちも、笑いながら見てみたかったというような反応であったようだ。

おそらく、そのことは広がれば広がるほどおおげさに語られてゆくのだろう。あるいは男が入院したということになるのかもしれない。

確かに、人は誇張して伝えるものなのだ。まして、この種の話になれば、そんなことになり勝ちなのであっただろう。

実際、他人から聞いたままを誰かに伝えることは難しい。

その男の噂は健の若い頃から、時折、聞いたものであったが、なんでも男は器用で、どんな仕事でもやるから、どの家でも重宝がって、その男を頼むことになる。

どこで習ったのか分からなかったが、とりわけ庭木の剪定《せんてい》は玄人はだしだった。おそらく習うより慣れろであったのだろう。

そんなことで、この界隈の家は、かなり、この男の仕事になっていたようであった。あまりに丁寧な仕事振りであったため、却ってその家に迷惑がられることもあり、性格が狷介《けんかい》であったことも災いし、得意を減らしている場合もあったのだった。

また、夏場の草むしりも彼にかかると、広い場所でも根から引き抜く故に、なかなか生えてこなくて、重宝がられる一面を持っていたのである。

如何せん、独り者であったせいで、時間の観念がないため、ここでも迷惑がられることもあったが、黒々とした太い腕は蚊さえも恐がって近づかないのかもしれなかった。

「何、蚊。そんなもんは知らん」と男からの応えであったほどのようだ。

頼まれると、肥《こえ》持ちもしたが、さすがにこれは、そう好みではなかったようだ。

その他、庭木など小さい木を、どこから調達してくるのか、松はもとより、楓《かえで》でも水柳でも柘植《つげ》でも、なんでも持ってくるのだった。

店で買ってくる様子でもなかったから、どこかの山で引き抜いてくるのかも知れなかった。ただ、それがうまく生えつくのが、この男の力量であった。

ある僧侶が松の天辺が茶色くなったので、男に相談すると、

「これはもう、あかん。何をしてもあかん」と。

僧侶は専門の植木職人に薬剤を散布してもらったり、注射をしてもらったりしたが、その結果、一ヶ月余りで立派な松も枯れてしまったという。

男の、この教訓は、いろいろ周囲の大人たちにも浸透していったようである。このことは、もう、プロとしても充分に通用していることを示していたと思われる。

この男の最大の欠点は、やはり酒を呑み過ぎるということだったであろう。

そのため、喧嘩は常につき纏《まと》ったが、男をよく知る者は、そこまではいかなかった。もう喧嘩になる前に男の術中に、はまっていたのかもしれない。

それにしても、パチンコ屋によく出入りしていたのは、どうしてなのか。本人も勝つことは殆どないようであったが、なぜか、その射倖心に惹かれていたのであろうか。どこか刹那的な生き方が、そんな遊びに似合っていたのであろうか。

パチンコ屋を出ると、当然ながら酒屋であった。酒屋としては、よい客ではあったのだろうが、話し出すと際限がなかったので、それは困りものであった。

うっかり豆腐などを出せば、それに味をしめ、豆腐を買ってこい、という始末だった。そんなことも、この男との腐れ縁になった酒屋は、それなりに大変であった。

そうかといって、男に近づく酒呑みもいて、類は友を呼ぶということか、男がいれば、その周りに、また客は屯《たむろ》していたのであった。

時折は酒屋で借りて飲んでいたことも、ない訳ではなかったようだが、概して男はどこか潔癖な部分もあり、千円札を何枚も店主に渡していることもあったようだ。

「酒がなければ生きている価値もない」と日頃から、男はうそぶいていたようだ。

明らかにアルコール中毒であった。もちろん、男はそのことを知っていた。

素面の時がないほどの状態だった。それでいて、高い樹に登るというのは、どうなのだろう。やはり、この男の天性なのか、樹から落ちたという話を聞いたことはない。

男は酒を呑んで、樹に上がることは、さすがにしなかったようであるが。

とりわけ、樹木の剪定は男にとって神聖な仕事と考えていたのか、それだけの誠意は持ち合わせていたのだろう。

如何せん、もともと好きなことは何をおいても成し遂げるといった気持ちが強かったのであろうと思われるのである。それゆえ、仕事が終われば、一途に酒へと走り出したということに違いない。

結局、法事は、その男を肴《さかな》にして、もりあがり、夕方近くまで続いたのであった。

その男が健の中学生の時、庭の剪定や掃除にきてくれた時のことであった。いつかの〈かいぼう〉の人だと思った。

松の樹の上から声がした。

腕にいかりの　いれずみほって
やくざに強い　マドロスの

なぜか哀愁を帯びた歌声であり、到底、あの時の男の顔は思い浮かばない。果たして、どこで覚えた歌なのか。もとより、かなり以前の歌に違いなかった。その時、健は「いかり」の意味を取り違えていたし、「マドロス」が分からなかった。

椿の木に彫刻刀で自分の名前を彫ったのを目敏く見つけた男は、「こんなことをしたら、あかん。木は生きものやさかい」とか言ったのである。

健はそれほど当時は気にも止めなかったが、年月を経るに従って、馬鹿なことをしたと思い出したりした。それでも、いつの間にか、その文字も消えてしまっていた。微かに皺《しわ》のようなものになって固まっている感じだった。

それはそうと、あの男は自分の腕に彫っているのにと、当時は気づかなかったが、のちに思い出すこともあったが、男を見なくなってから、その思いも忘れてしまっていた。

父が急死し、あとを継ぎ始めた頃、あの男を見掛けなくなったと思ったら、隣町で生活しているようであった。

一度、健が電車で行った隣町を歩いていると、自転車に乗っている彼を見たことがあったが、相変わらず酒癖が悪く、その乗り方も右に左に振らつくようであったのだ。どうやら、噂によると仲間がいて、男にうまく仕事をさせ、自分の所に住まわせているようであった。

もとより、その仲間の男はかなりの悪党であったようだが、どこかで気が合ったのかもしれなかった。

当然、日雇いのような仕事をしていて、なんでも仲間がうまく仕事を見つけてきて、彼にさせているようであった。もちろん、仲間の男も仕事をしていたようだが、男ほど出来なかったようだ。

別に恐いものは何もないといった調子だったが、もとより、彼自身はどこか、お調子者で、そう悪党というものではなかったが、どうやら仲間の連中に唆《そそのか》されていた節はあったようだが。

と言いながら、男が仲間たちを逆にうまく動かしていたのかもしれない。

なぜなら、男の命を賭けたような生き方は、どの悪党にも真似ができなかったのであったから。

男は仲間に従っている振りをしながら、実は男の思うように生きていたのかもしれない。それだけの才覚が、この男にはあったのだろう。その点を悪党は悪党なりに理解していたのであろうか。

もちろん、隣町に転居した訳であるから、男にも、それだけの覚悟があったのだろう。あるいは、この町にいられない何か、例えば血縁関係とかのトラブルでもあったのか。または、余程に仲間に惹かれるものがあったのか、そのあたりに関しては、まったく不明のままであったが。

ただ、以前と変わらない生活であったようだが。

確かに一度、ドロップアウトすれば、なかなか元には戻れない。本人は既に敗戦時にそうだったかもしれない。それゆえ、今のそんな生活も案外、本人自身が求めていたもので、他人が干渉するようなものではなかったのであろう。

それが健は意外なことから、その男のことを思い出すことになってしまったのである。

隣町の同派の住職は健より、いくらか若いがなかなかの遣り手であった。

同じ時に並んで研修を受けたのであったが、本山の研修部長にも色々と質問したりしながら、その才能を発揮するのだった。

健が最も感心したのは、そのノートの取り方であった。質問しながら他方でノートを上手に取るのは、なかなか難しい。

大概の僧侶はノートを机上に置きながら、殆ど何も書いていないのであった。なかには大人しく聞いているのかと思えば、居眠りをしている者もいたほどだった。

そんなことで、自分より若い僧侶に一目置かねばならなかったのである。それでも普段は出会うこともなかったし、ただ年賀状を交換し合う程度であった。

実はこれも、のちに本念寺の岡西から聞くことになったのだが、本念寺の有力な門徒に本間という男がいたようだ。悠々自適の生活で、この男はえらく庭に凝っていて、なかでも見越しの松は、なかなかのものであったのだ。自ら松や庭木の手入れをすることもあったが、好きとはいえ、思うようにはいかなかった。

そんな時、なんと、例の入れ墨の男が雇われることになったのである。最初は本間も庭に出てきて、男の仕事振りを見ていたのであったが、その松の剪定における丁寧さに、いたく感心することになってしまったらしい。

男にとっても立派な庭に、見越しの松であったから、なおさら自分の好みにぴったりとばかりに精魂を傾け出したのである。

ここで、本間と男を結びつけることになったようだ。

それからというもの、男の仲間も手出しは不可能になり、あたかも本間家の使用人となってしまっていた。

本間は、この男の、ある種の潔癖さを強く意識するようになっていった。まるで本間が待ち望んでいた男が出現した感があったのであろうか。

そうして、男の境遇を知ると、「お前の墓は俺が建ててやる」と言い出す始末となってしまったようだ。

本間が酒肴《しゅこう》を饗すれば、その飲みっぷりにも、またまた見事と感じ入り、両者ともにご機嫌であったのだ。

さすがの本間も、男の体が心配になり少し気に掛けると、大丈夫、大丈夫と言うばかりであった。

「まあ、何があっても、わしが面倒を見てやるから安心せい」と最後には言うのであった。どうやら、男も、この人は恩人になる、と思いつめたのか、初めて、その人の忠告を少しは聞くようになっていたらしい。

かつて、本間は経営者であった。住職にとって痛し痒しだったようだが。スーパーのようなシステムを早くに取り入れ、かなりアコギなやり方で売り上げを伸ばし続けたという。従業員も十名ほどを使っていたようだ。

その利益は町でも一、二を争うことになっていたという。そこで、本間は本念寺に浄財として多額を寄付することになっていった。

当然ながら、本間の横柄な態度は周りの者から嫌われることになったものの、その経済力は一目も二目も置かれていた。

あるいは、本間はこの庭師に自分と同類のものを感じとっていたのかもしれない。もちろん、本間の方が男より、かなり年長であったのだが。

本間はその時、体に癌を抱えていた。それゆえ、ある程度、自分の将来を悟ってもいたのだろう。

この男は出会うべくして出会った男だと、本間が強く感じることがあったのは、その点もあるかもしれない。

それにしても、この男の恬淡とした態度は本間がいたく羨望するところであったようだ。そうして、遂に男にも天罰が下る時が来たのであろうか。

もちろん、それは体の問題であったのだが、もとより、それは当然ながら、男が認める範囲のことであったから、本人は天罰とは感じていないのであったが。

むしろ、待っていたものだったかもしれない。男はそんな心境だったと思われる。そこにこそ、男の戦後があったというべきか。

男がそちらに近づくことを願っていたと見るのは当たっているだろう。

男にとって戦後はなかったと考えることも可能なのであっただろう。そのような生き方が随所に見えていたといえば、言い過ぎであろうか。

そうでなければ、文字通り、浴びるほど酒を呑むこともなかったと思われる。その潔い態度は誰も真似ができなかったのであるから。

そのことを本間が知り、入院させることになったのである。

入院してからも気分がよいと、病院の庭木の剪定を先頭に立ってしていたという。また、逆に院長を殴ったとかで、鍵の掛かる部屋に入れられたとか、どこまでも噂に過ぎなかったが。

ある程度、分別のある男だから、院長を殴ることはないだろうと健は思うのだったが。

本念寺の岡西も、その辺りのことについては分からないようであった。

実を言えば、初めて本念寺から電話があった時、南秋男という名前を聞いても健は分からなかった。そんな男が近くにいたことも。ただ、住職の話から入れ墨のことが出てきたのである。それが決め手となって、あの〈かいぼう〉の手伝いをしてくれた男のことであることが分かった次第だった。それによって分かったとは、また因果なことであったが。

ところで、死因はなんでも肝硬変だったといい、あたかも酒を呑むことで死を願っていたかのように。

本人は毎日、アルコールで体を消毒しているから、きれいなものだと、うそぶいていたという。

もとより、彼に恐れるものは何もなかった。そうして、これといった希望もないまま、日々を送っているに過ぎない自分を、しゃばふさげ、とか言っていたという。そんな言葉をどこで知ったのだろう。

まったく現世の執着しないという生き方は見事なものであったのだ。

それにしても、五十五歳という享年は今では短命というものであるだろう。ただ、彼の死に気づく者は殆どいなかったと思われる。新聞にも載らなかったようだ。

そうして、本間はこの男に墓石を建ててやったのである。「釋栄秋之墓」というものであった。

その男が死んでから、かなりの年月が経ち、とうとう本間が死んだため、残念ながら墓は無縁仏となり、墓地の中央に移転されたという。

毎年、八月に無縁仏の念仏が本念寺の住職を中心に唱えられるという。地域の役員も出席するらしい。つまりは永代供養ということだ。

秋男は戦後三十五年を走り抜けるように生きたのであった。誰も知らないうちに消えてしまったという感じであった。

酒が彼の寿命を縮めたともいえるかもしれない。しかし、酒が彼の戦後を生かせたともいえるかもしれない。

もとより、何も思い残すことはなかつたであろう。如何せん、彼が望んだのは、そのことであったのだから。

そうか、あの時、境内の中央にある松の樹の天辺に上がりながら、命綱も付けずに
腕にいかりの　いれずみほって

やくざに強い　マドロスの
と歌っていた男は、そんな度胸の中で生きていたのか。行きつくだろう終着点をひたすら目指して。
本念寺の住職の話を思い出しながら、そんなことを健は回想したものだった。

今、戦争の時代を具《つぶさ》に体験した人びとが次々と亡くなっている。いずれ、歌の文句ではないが、「戦争を知らない」人間ばかりになるだろうと言えば、ある皮肉屋は、いや、今こそ戦前なのだというのだが。

情報化社会であるといわれながら、殆ど他人には関心を抱かない時代でもある。いや、核家族となり、すべてが個人主義になってしまったのかもしれない。その個人主義は利己主義に転化しやすい。もちろん、全体主義はよほど恐いが。

もう、法事といっても、親戚を呼ばないような場合もある。しかも、年忌といいながら、一周忌だけで終わりとするような。葬儀も家族葬が出始めた。墓じまいということすらあるようだ。ごく身近な親族の情報が分からないのだ。

去る者は日々に疎《うと》しというが、去らなくても既に疎いのである。

田舎でも、職場に車で行けば、まったく近所の人に挨拶することもない。否、パソコンで家にいて、会社の仕事のできる人は誰に会うこともないのだ。

そんな時、死ぬ直前の本間の日記から栄秋の名前が何度も出てくるので、気になって子息が住職に尋ねてきたらしい。そうして、本念寺の岡西から、そちらに何か他に知る処があればと、電話してきたのである。もちろん、それ以上のことは分からないと健は応じたのだが。

電話が切れてからも、健は感慨深げに思い出していた。

あの時、子供の中で、男の入れ墨に気づく者は誰もなかったと思われる。半袖シャツから出た腕が黒かったことだけだ。

健自身も今に魚が浮いてくることを心待ちにしていたから、強い人だと思うものの、そんな腕を凝視することもなかった。

ただ、水門に入るためにズボンを捲った脚が、やけに白かったことを覚えている。

そうして、男が「さあ、お前ら、入って魚摑みせい」とか言うなり、タバコを吸いながら、青々と茂る田圃の畦径を下へと消えていったのだった。あの時は思わなかったが、なんと格好よかった男かと思い出していた。

戦前はもとより、戦後も彼がどのような人生を歩んだかは、思うほど分かっていない。腕に入れ墨をしていた（それも、どちらの腕だったのかも迷うのだが）のだから、かなりの厳しい日々を送ったことに変わりはないのだろうが。

健は子供の頃のことを思い浮かべてみたが、あの男の、水門を去ってゆく、あの場面だけは鮮明に浮かんでくるのであった。

もちろん、その水門は、かなり以前からない。いつの間にか大規模経営の田圃になり、そのあたりの風景は、すっかり変わってしまった。

あの頃、魚の沢山いそうな水門はいくつもあった。それぞれ、その形は違っていたが、今度はどこにしようかと相談していたものであった。子供たちはそれらの水門をすべて覚えていたのである。


最近、健のゆく末を案じる老いた母親を思うと、一層、新聞の死亡欄を気にするようになっていた。以前は三面記事か文化欄、スポーツ欄ぐらいであったのだが。

そういえば、先輩がそんな話をしていたから、やはり、自分もそういう歳になったのかと思わない訳にはいかなかった。

それとともに、時折、知る人の名が載っていることがあったりした。御文《おふみ》の中に「我やさき人やさき」とあるが、それを「人やさき人やさき」と読みかえると聞いたことがあったが、人間とは常に他人が先に死に、自分は残るものと思ってしまうということなのだった。

そうでありながらも、「一生すぎやすし」とは真実であると思った。子供の頃は一日も長かったように思われるが、歳を取ると、その一日がなんと短く感じられることか。常に人はそんなことを感じながら生きてきたのであろうか。

無縁仏。それは他人事ではないと思った。住職でありながら、経を読む気にもならず、気怠《けだる》いような夏の午後であった。

釋勇念二十七回忌の法要が済んで一ヶ月もしない朝だった。新聞の死亡欄に井村作兵衛とあった。なんと、あの長老の名前が載っているのであった。八十八歳だった。元気そうに見えた老人だったのにと、いくらかの感慨があった。

あとがき

日頃、ブンガク、ブンガクと思っているものの空しく日々を送っているようなことでした。

七年ほど前でしたか、「滋賀作家」同人の編集委員おひとりから、一度作品を出されては、と言われました。そこで、なんとか提出し、運よく載せてもらったのが「さよならの夏」でした。

（実をいえば、同人としては、かなり古参になり、少しく小品も載せてもらったこともあったのですが、その後、長く休んだりして……）

短編も七編となり、同人の山口氏・川田氏・角氏・中川氏らから、ある程度の評価をいただきましたので、出版することにしました。

出版に際しては、矢島潤氏の細部にわたる指導をいただきましたが、我を通した部分もありました。

装丁などの点について、シンプル、シンプルという私に、矢島氏は苦笑されていましたが。結局、矢島氏の宰領に委ねることになりました。

ともあれ、今、一人静かに慶《よろこ》びたいと思っています。

二〇二〇年四月

安部良典

■初出一覧（いずれも「滋賀作家」掲載）

さよならの夏　２０１２年６月　第１１７号
イダテン狂い　２０１３年６月　第１２０号
オリンピックの夏　新世界　２０１５年６月　第１２６号
土の記憶　２０１７年２月　第１３１号
赤光の庭　２０１７年６月　第１３２号
祭典の向こう　２０１８年10月　第１３６号
虚空　２０１９年６月　第１３８号

著者略歴

安　部　良　典（あべ・よしのり）

1942年、滋賀県生まれ。「滋賀作家」同人。鹿児島大学法文学部卒業。のち県内の高校教員。現在、真宗寺院住職。

現住所：〒529-1604　滋賀県蒲生郡日野町村井1170

オリンピックの夏　新世界

2020年5月1日　初版第1刷発行

著　　者　安部良典
発行者　岩根順子
発行所　サンライズ出版
〒522-0004 滋賀県彦根市鳥居本町 655-1
TEL.0749-22-0627　FAX.0749-23-7720

印刷・製本　渋谷文泉閣

ISBN978-4-88325-690-7　C0093

定価はカバーに表示しております。